U0028148

如果愛不殘缺

Incomplete LOVE
KAI

01

『離奇車禍，娛樂圈名人不倫戀浮出檯面』

【本報訊】週日晚間九點左右，台北市內湖區〇〇活水健康會館發生一起離奇車禍事故，一輛紅色轎車無故撞擊地下停車場的水泥牆面，車頭近全毀，所幸除了車內的駕駛人以外沒有其他人受傷，當事人為一位妙齡女子，經過相關測試發現無酒精藥物反應，緊急送醫後生命指數穩定，不過現在仍然昏迷當中，警方初步研判為車體暴衝事故，後續仍持續調查。另外值得注意的是，該轎車車主名掛在〇〇娛樂經紀公司負責人名字底下，由於當事人已從公司離職，按理說無任何關聯，為何轎車是直屬在負責人名下呢？記者前往經紀公司卻屢遭閉門羹，原先同事大部分也都離職，不得而知。由於當事人面容身材姣好，不得不引人聯想。〇〇娛樂經紀公司由於談話性節目成長迅速而成為業界佼佼者，幕後功臣就是這位年僅四十三歲的負責人，然而人紅是非多，日前〇週刊就曾經爆料在東區街頭撞見該負責人與一名陌生女子……

闔上報紙，剩下的垃圾文我不想再讀。病房窗外的夏季陽光耀眼，城市已經持續幾天西北雨，就是那種過了午後好像要懲罰世人而出現的驟雨，不曉得今天會不會下。我調整身體的姿勢轉向窗外，想像那又急又猛的雨拍打城市中每一棟建築物的景象。

出事後第三天接到警察電話，說我的號碼出現在她的手機通聯紀錄裡的最後一通，所以找我去了解狀況，做做筆錄，不過對案情沒有任何幫助，草草記錄後就結束了。她父母也在場，但父親似乎對她所發生的事感到非常羞恥，氣得不想跟任何人說話，只在醫院出現過一天。我多少跟她母親聊過，不過也只是寒暄幾句，因為待業中所以幾乎天天來，沒想到在第五天的時候她母親就拜託我常來看她，理由是還要上班，家裡大小事也要處理所以沒辦法每天來，我一口就答應，不是出於長輩的請求不得不聽從，而是出於對病房裡的她的尊敬與心疼。

院方這邊說明她的情況，腦幹反應是正常的，腦波也清楚可見，生命狀態穩定，醫生請我們保持樂觀，但私底下就我去了解，昏迷是一種很怪異的現象，有的人因為被重物撞擊毀了半顆頭而昏迷，最後竟然甦醒，也有人只是腦震盪最後就變成植物人，一輩子都沒有醒來，也有被宣告為植物人為期三十年後奇蹟式甦醒，所以一切都很難說，醫院該做的都做了，現在只有等待。我沒有這樣的經驗，所以一步步聽從護士的方式來照顧她，夜晚擦澡、輔助大小便比較私人的部分由她母親來處理，白天時間我會幫她按摩，唸書給她聽，醫生說對昏迷病患說話有很大的幫助，在國外都有先例。

第十四天了，傷口癒合的狀況很不錯，幸運的是臉上幾乎沒有什麼傷，為了抑制腦壓升高，只有在她頭側邊開了小洞，不過也很快就癒合了。

「她有你這樣的男朋友照顧真好，除了她的父母，我幾乎沒有看過她的朋友來過呢。」年輕護士定時替她換點滴，一面跟我聊天，我已經跟這邊的護士都很熟了。

「嚴格來說不算是男朋友。」我說。

「是嗎？那你人真的很好。」護士整理醫療用推車。「哎，如果我有你這樣的男友多好啊，我的男友整天就愛玩。」

「那可不一定，我也很愛玩。」

護士離開後，我靜靜凝視她的側臉想一些事，現實的日光燈照射，藥水味飄散著。男女朋友交往，這個涵義到底是什麼，長越大，我反而越是不了解，是牽手？接吻？還是性行為？尤其是，交往後彼此所要負的責任又是什麼？交往前交往後有什麼明顯的界線嗎？就算是結婚，也不過就是一紙契約，結婚離婚都只是簽個字而已，你呼吸你的空氣，他呼吸他的，他窒息，他痛苦，你快樂，你欣喜，再怎麼樣都無法感受彼此，本來就是獨立個體存活著，所以所謂的，「你是我的誰誰誰，理當就要怎麼做。」這又是怎麼回事呢？

『今日，我們互相愛得呢噥繾綣，明日，我們困在愛情的牢裡，一對互相廝殺的野獸。』

她的日記裡時常控訴著愛情，但是讀出一種勇氣，一種就算犧牲生命也從不失去自我的勇氣，想到她的勇氣，我就越不了解自己，感覺我與真正的自我好像隔了一道銀河般的距離。她的驕傲外衣包裹著無比溫柔，她的冷漠硬殼中深藏著無比脆弱，她盡力誠實，卻常因為誠實而傷害人，我很想把自己的雙眼摘下來嵌進她的眼窩，設身處地感受她的世界，但真的可以這樣嗎？

『最後，只有你能相信了啊，真可悲，也真幸運。』

字條上寫著這段話，在她出事後第二天我收到這本日記和字條，隔天就被警察請去做筆錄，不過我沒有告訴警察關於日記裡的任何訊息，我不相信他們，我想這也是她相信我的原因。日記本四個角都磨損嚴重，書面也因為擦撞而破皮，就像她的故事一樣，雞蛋撞牆般被傷得體無完膚。我知道她與這世界不相容，更重要的是在不相容之中，我能找到來自於我內心深處的頑劣，就像把她當鏡子一樣，所以我同情她，不只是同情，而是能感同身受那種痛苦。希臘文的「同情」也有「受苦」之意，我想因為他們在三千年前就知道什麼才是真正的同情，而不是虛情假意。想著她總讓我想起《蒙馬特遺書》的作者邱妙津所寫的一句話：「世界是沒有錯的，錯的是心靈的脆弱性，我們不能免除於世界的傷害，於是我們就要長期生著靈魂的病。」我想她是說只有自己才能讓自己受傷的無奈。我也想起太宰治常說的：「世人總在裝模作樣，世人令我恐懼。」也想起《異鄉人》裡的莫梭在監獄裡面對眾人的指責，坦然邁向不可逆性的死亡。同時，她也像《麥田捕手》的荷頓，閃爍著從來沒人了解的奇特光芒，傷痕累累走在這世界裡。雖然他們都像她，但也都不像她，我多麼希望用簡單的幾句話來形容她給您知道，可是沒辦法，因為，她是我們內心的一部分。

夏桐，在試圖變成妳的過程中，我輕輕搖晃這世界的定律，但我知道，我們都無法改變什麼，然後，也試著思考我自己的愛情，即便妳我的世界裡都已經不再相信愛，妳曾說過，這世界沒有純粹的愛情，最純的愛情就是無愛。而我在這裡，我正走進妳無愛的沙漠中，感受妳，觸摸妳，背部燒灼，口舌乾渴，我試著想，如果我是妳，我會怎麼說，因為我是妳，所以我會怎麼做，不斷地想，不斷的深入，如果我真的是妳。

於是，日記本打開了。

02

夏桐日記：我的情感源源不絕，只要悲傷存在，它就會像烈日，照耀在無愛的沙漠中。

「再見 Kuma！」

我摟著眼前準備遠赴尼泊爾拍照的——我的小熊。

「記得寫信給我喔。」

「好，等我回來，那妳記得要想我。」

Kuma 露出笑容，這個曾經屬於我的笑容即將消逝無蹤。

「我會的。」

我真的會想念眼前這個人嗎？

他摟住我的腰向上舉起又是深深的一吻，我喜歡他這樣抱我，我在他頸間記憶他的古龍水味道，這是最後一次了，我向他用力揮揮手，直到他的身影消失在登機閘門。我的Kuma，親愛的小熊，再見了，也許永遠不會再見……我轉身，頭也不回，邁開專屬於自己的步伐節奏離開，沒有任何猶豫。

在我的感情世界裡存在著三種關係，像季節更迭般不停的輪轉、重複，有時候很殘酷，有時候則將我推升到幻夢的境界，就這樣，真實隨著幻夢破滅而來，幻夢又隨著想逃避真實而出現，真真假假，簡直像白鼠滾動著球，什麼時候才能停止？我經常問我自己，也許等到靈魂從身體離開後才有辦法停止吧。您問是哪三種關係嗎？好的，我現在就可以回答，但請您仔細聽了，因為這三種關係並不是砰的一聲被雷打到後就突然明白的，而是經過許多時間累積和辛苦奮戰才慢慢見到那從黑暗中露出如豆粒的光。這三種關係依程度的好壞分別是：

1.像樣的不倫關係
2.不像樣的正常關係
3.不像樣的不倫關係

聽我這麼說後，坐在對面的米雅開始坐立不安，然後一臉不悅的反對，前一秒才興沖沖問我這個問題，下一秒立即提出反對，這就是米雅。

「那是因為妳自己就不正常，感情本來就是需要經營，像公司一樣，好的經營就會有好的關係啊，壞的經營就等著倒閉，妳這只是在逃避，再這樣下去，妳對任何人都不會認真。」她說。

「再好的經營也抵不過大環境的影響，像殺價競爭、惡意挖角、景氣低迷，還有那種鯨吞式的併購呢，誰能保證明早醒來，妳的枕邊人不會被別人挖角然後躺在誰的懷裡？另一方面，哪天如果妳自己躺在別人的床上呢？經營好又能怎麼樣，妳真的能抓準嗎？」

不好意思，學經濟的壞毛病，聽到經營二字就忍不住了。

「我才不會做這種事，只要對方願意認真愛我，我就會以相等的愛回饋。」

「哼，不好意思，活在這世界上，目前我倒是還沒看見絕對相等的東西，尤其是愛情。」

「那是因為妳自己心態就不對，不認真啊。」米雅還是一副天真樣，快要把我給惹笑了。

「我只對自己的感覺認真。」我說，誠實的讓我自己覺得很蠢，因為說了她也不懂。

其實米雅會這麼說我能理解，只是想同她鬥鬥嘴而已，畢竟在這世界上要讓人認同太累了，尤其是像米雅這種幾乎堪稱道德模範的女生。不過她自己就掌自己嘴，因為不久前她才又跟飛國際線的副機師前男友復合，被劈腿時哭到全身都快腫起來，而現在卻好像活在天堂一樣。這對冤家一個月見不到幾次面，而她總是不經意的將那位皮膚黝黑健壯的男朋友名字掛在嘴邊，不然就是天天在網路上晒恩愛，經常對我們三人之間的小事認真生氣，對於男朋友卻無限制的包容，就算是已經劈腿兩次，米雅依舊無條件接受他、愛他，米雅認為什麼事只要靠努力和勤勉就能夠達成，這到底算是哪門子的經營成功？

伏特加與紅莓汁的混合液體從喉嚨滑入，一陣發顫，我暫時沉默，穿著黑絲襪的雙腿交叉，隔壁桌的男大生又朝我們這桌有意無意的瞧，我與其中一個男大生四目相交，他不客氣的將我全身上下都掃過一遍，真是不夠水準的方法，令人倒胃口。

「今天我們家 Steve 要飛羅馬，下週又要去 L.A.，反正他每次回來都會帶一堆名牌，所以看妳們有沒有要買什麼的，我可以叫他順便幫妳們買，上次他從米蘭帶給我的 Prada 包包，好便宜喲，差不多打七折。」

單身的米雅至少在生活中是精打細算的，有些小聰明，但是碰到戀愛後智商就可以瞬間變零，像一隻瞎了眼的家貓，由此可證女人真是個變態動物，我自己也常常有這種感覺，女人真的可以隨著外在的變化而完全改變自己的內在。

幸福讓人變笨！

這麼想的同時，腦中浮現 Steve 精壯的身材與西班牙籍空姐全身赤裸躺在床上的畫面。喔，不好意思，我不是酸葡萄心理，也不是對 Steve 他這個人有所遐想，而是自然而然畫面就浮現，從我懂事以來，只要一看到男人就會忍不住想像他裸體的模樣，而且我尤其喜歡看男人游泳，但絕對不是帶有性的想像，有些女生私底下聊天時會說：「光想跟那男生全身赤裸抱在一起就覺得噁心。」但我實在無法從那方面想像，我只是單純從生物角度去想像男人的裸體而已，想像有如龜殼般的腹肌線條，手臂的三角肌肉，鼠蹊部的肌肉線條，大腿小腿，當然還有「那個」的大小以及歪斜程度，毛髮的多寡。您問我為什麼嗎？應該是對身體的各部分構造有興趣吧，我曾這麼思考過，好奇為什麼精子和卵子結合可以發展成各式各樣的男人身體，以前覺得自己適合念醫護科系，但我一見血就會頭暈，生病時並不理性會胡亂吞藥，所以老早就放棄醫護科這條路。我經常想要完成些什麼事，但總是會覺得「這樣走下去真的好嗎？」設定了很多障礙來阻撓自己，總是放棄又改、改了又放棄，這也是導致我上不上、下不下的人生的主要原因吧，所以現在只好在電視圈裡當個節目助理混混日子，反正想像男人裸體這件事並不會對我的生活造成什麼困擾。

我看著林琪再瞄一下米雅，她是我們三人之中最適合當賢妻良母的女生，不只我們認同，連我們共同的男生朋友們也都相信，但有時候這對女生來說並不太算是件好事。米雅細眉淡眼，身形嬌小且講起話來像小鳥呢喃般溫柔，現在就算她直接穿上婚紗嫁人我都不覺得奇怪，原生家庭小康而幸福，唯一的哥哥已經結婚生子，生活非常穩定，父母們對這個么女滿是溺愛，從小被保護著長大，讀的每間學校風評都不錯，順利到了研究所畢業後才談起戀愛，現在在某間跨國貿易公司舒服地當個內勤，父母親對她說薪水不是重點，他們可以養她一輩子，好好找到好男生嫁了比較重要，但米雅卻愛上一個總是傷害她然後又不懂如何收場的男人，我不想說一個願打一個願挨，感情本來沒有什麼對錯，只是人生無常罷了。

另一個女生林琪，她正坐在我的左方沙發上凝視著手機回訊息，我知道我和米雅聊了些什麼她並不在意，自從她做了業務這個工作以後，眼睛就幾乎要跟電子用品黏在一起，她總是穿窄裙和高跟鞋，微捲的長髮，眼神銳利、鼻梁直挺，皮膚白皙得令人發涼，是個標準的冷豔美女。林琪的個性簡直就是米雅的相反版本，獨來獨往，看見使她不開心的什麼事就會尖酸冷眼的回應，並不會因為熱衷什麼就隨之起舞，情緒相對的冷靜，每次看她穿著窄裙高跟鞋用修長的手指擎著一根 Salem 冷冷的對男生說一聲：「滾！」我心裡就對她佩服得不得了，就算是粗話，從她嘴裡講出來都還別有一番韻味。

您問我們怎麼認識的嗎？喔，關係算是簡單，但實際說起來有點曲折，我跟米雅是國中同學，而米雅是林琪丈夫的前同事，聽說她丈夫在前公司的人脈關係很好，經常一大票同事相約出去玩，米雅也經常在列，結婚後順理成章就帶著林琪加入那團體，也因此跟米雅熟識起來，我跟米雅家又住得近，她只要心情不好就會把我拉出來當垃圾桶，某一天我又被叫出來的時候林琪也在，就這樣我們不知不覺的變成三人組，而更弔詭的事在後頭，林琪在結婚前的對象威凱竟然剛巧是我的國中同學，當然，也是米雅的國中同學，聽到這件事的時候，您可以想像得到，我全身幾乎起了雞皮疙瘩。從小到大我跟朋友們之間都隔著一段不小的距離，我害怕人與人之間的勾心鬥角，而且我也懶得維持人際關係，所以當有特殊關係的牽連時，真是會讓我有點頭皮發麻，害怕因為錯綜複雜的關係導致什麼麻煩事會發生。要不是米雅三不五時就心情差並且主動提起聚會，而林琪又精明的總是可以找到好地方，不然我真的也懶得出門。

關於林琪的老公是嗎？我大概描述一下，我想您應該也有些疑問了，首先，她丈夫除了是米雅的前同事外，也是板橋大地主的么兒，備受寵愛，大了林琪將近八歲，現在是科技公司的部門小主管，開著奧迪 A4 上下班，每兩個月就要出差去大陸待上十天半個月，他跟林琪相當不匹配，不論是長相、身高。林琪家世良好，年輕時就曾留學紐約而且還當過空姐，每個人都納悶為什麼林琪會嫁給他，但最後都會說一句「啊～原來是有錢啊」而表示贊同，事實上是如何我也不清楚。林琪無法在丈夫面前穿上高跟鞋，打扮也必須盡量休閒（簡直樵婦），我對於他們的結合抱持懷疑，看似完美的林琪一定天生有奇怪的缺陷或嗜好，不過幸好我對婚姻一點也沒有憧憬，不管富裕或貧窮，想到往後的三十年要面對同一個髒兮兮、不注意衛生的男人，我就渾身感到不舒服。不過，我必須承認，在內心深處對林琪擁有一種異常妒忌的心情，並不是妒忌他們的婚姻，而是妒忌林琪這個女人本身，她的優雅、她的美麗以及她永遠都能夠掌控人生的個人特質，她富有的原生家庭也間接促成這樣的特質，那也是我妒忌的一部分。我經常捫心自問，是林琪這個人的問題，還是我本身就善妒呢？我沒有答案。

「嗨～」男大生一號從吧台拿了三杯酒後就站在我們面前，瘦瘦高高，腦袋上用髮膠抓好的怪異建築物可以得普立茲克獎了吧我想，而衣著打扮像電影《小鬼當家》。「這三杯 Tequila 請妳們喝，我……我朋友想跟妳們認識一下，大家一起玩，好嗎？」我的天，他是在結巴嗎？

我無趣地用手托腮，開始想像男大生一號衣服底下的內容物，在胸膛兩側有像梯子般顯露出來的骨頭，容易過敏起疹子的皮膚，動不動就起雞皮疙瘩，腿毛稀疏，還有那個嘛……我想應該是歪一邊而且形狀一點也不令人欣賞，至少我不喜歡，想像完以後我向那桌的男生瞥去，結果令人氣餒的都是同一類型。

「大學生？」林琪將她冰壁般的鳳眼往上瞟，男大生一號幾乎就要手貼緊立正了。

這時倒是換米雅把手機拿起來，好像多看男大生一眼就會對不起 Steve 一樣。

「對……對，我讀T大的，我朋友——」

「你朋友還是你媽媽啊，自己的事自己來，不然回去問清楚一點再過來嘛。」林琪直接打斷他的話。

「呃……」男孩嚇傻。

「好啦，姐姐跟你開玩笑的。」林琪大方伸出白皙的手拍拍男孩臉龐。

男孩沉默，就像隻被馴服的家禽。

「好好好，既然要喝，那就一起乾杯吧。」林琪喝完，立刻恢復冰山臉孔繼續看她的手機。

男大生搔搔頭，落寞的走回去。

我很想大笑，可是還是強忍著喝完 Tequila，米雅繼續喝著她的調酒，桌上的 Tequila 好像連看也沒看到，雖然覺得好笑但又覺得有點可惜，他怎麼這麼快就放棄了，捉弄男大生應該挺好玩的。

「拜託是怎樣，期末考嗎？先回去讀完書再說吧，我受不了緊張的男生，跟我的助理一個樣子，什麼都要問，什麼都處理不好，不是男人。」林琪噴了一口煙。「這年頭都是大學生充斥在酒吧夜店裡，唉，歲月不饒人。」

「不會啊，大男孩也有大男孩的可愛，比那些油嘴滑舌的男生好多了。」米雅說。

「再怎麼可愛也比不上妳的 Steve 啊。」我故意地說。

油嘴滑舌？在我心目中 Steve 就是這種人啊，數週前還曾經在網路上約我，完全不懂避嫌，這件事我一直沒有跟米雅說。

「幹嘛這樣啦，妳今天一直跟我作對。」

米雅的嬌嗔真是天下一流，很多男人吃她這一套吧，我想。

「好啦，喂，米雅，你們每次見面都有做嗎？他怎麼樣，厲害嗎？」我向前盯著米雅。

「夏桐，為什麼妳每次都要問這個，好煩喔。」

「那個副機師嗎？」林琪似乎想到什麼。「一定很厲害的啊，機師和空姐有這麼多練習機會，飛一趟美西就不曉得搞幾次了。」

米雅的頭低了下來，我暗示性的踢一下林琪，我知道她對米雅二度接受了Steve很不以為然。

「這種爛男人就不用再理他了啊，妳明知道他死性不改，提著老二逐女人而居，典型的臭遊牧民族。」林琪又再加了一句。

「他答應我不會再犯了啊，而且，他已經申請內部轉調，往後可能不會再飛國際線，我們還一起去看了房子，他真的很用心，我們真的要定下來了。」

「房子是他的又不是妳的，這樣就相信喔，真拿妳沒轍～」林琪又叼起一根菸。

「他到底厲不厲害嘛，快跟我說啊。」我掐了一下米雅粉嫩的大腿。

「哎唷～妳們兩個好討厭喔。」米雅的嬌嗔又吸引了幾個男生的注目禮。

這時音響傳出Jay-Z的歌曲〈Empire state of mind〉，林琪立刻雙手高舉：「Yeah～Jay-Z。」她拉起米雅在矮桌旁舞動身體，冷豔美女林琪玩起來也是相當瘋狂，兩個女人，一個高挑，一個嬌小，互相抱在一起隨著音樂放縱，很快就吸引各桌男生的目光，那群男大生更是盯著目不轉睛，下巴幾乎碰到膝蓋。米雅今天也難得放開，和林琪緩緩加熱著這星期五的夜晚，然而在性感婀娜的胴體下，在那勾人眼眸的笑容中，她們各自懷有各自的痛而活著，林琪與她那不匹配而且還對她動粗的老公，米雅與她那滿口承諾也滿嘴謊言的男友。我抽了一口櫻桃水菸向後靠躺，煙霧在空氣中漸漸消散後，我看見兩個女人瞬間駕馭著現場所有男人，就像女王在所有家僕面前宣佈聖旨，歡笑聲和酒氣音樂大量地流動，啤酒泡沫從杯緣溢出來，木質吧台桌面沾染了各式各樣的酒液，一時興起，當然我也不甘示弱，站起來跟著加入了她們，隨著男人們注目的眼光以及音樂扭動腰肢，緊緊抓牢從這一片由謊言交織而且註定會消逝的浮華。

In New York,
Concrete jungle where dreams are made of,
There's nothing you can't do,
Now you're in New York,
These streets will make you feel brand new,
Big lights will inspire you,
Let's hear it for New York, New York, New York……

米雅坐上計程車後，我和林琪在東區後巷散步，身為科技公司業務的她酒量驚人，我已經有些走不穩，她還能神智清晰地聊她老公，雖然只是一些叨絮般的家務事，聊著聊著，迷迷糊糊中我竟然開始難過起來，我想起宸禕，想打電話給他，「我想你！」不管他想不想聽，我只想說這句話就可以了，不行，今天星期六是他的家庭日，必須要陪老婆小孩，想到這裡突然悲傷從心中湧出，但看到這裡的您千萬不能誤會，我最怕人誤會了，雖然我不是多麼有智慧的女生，但也不是一個懦弱無能，整天待在角落守候男人的女人，情感對我來說的功能莫過於能夠產生像現在這樣的「悲傷心情」，因為這種悲傷讓我能呼吸到不同的空氣，感受到不同的氛圍，有時候我才能覺得自己是真實存在的。不知誰說過，其實負面能量讓人提升的力道比正面能量好，因為發現原來自己還是有顆溫熱的心，不是行屍走肉，所以能從社會上的所有醜陋中跳脫出來。沒有悲傷，就沒有經典名著，就沒有膾炙人口的電影和音樂，我這麼覺得。

我拿出手機後遲疑一下又放回包包裡，跟上林琪的腳步往前走，經過一家喧譁的燒肉店時發現有兩個男人在門口抽菸，其中相貌端正的男生稱呼西裝筆挺的男生為阿飛哥。愛情是必須要做選擇的，阿飛哥這樣講，然後跟路過的我們打聲招呼，甚至好像有拋了個暗示性的眼神，我們沒有搭理他們就繼續往前離開，最後我們在敦化南路旁坐著聊天，順便喝點水醒醒酒。

「從沒想過跟他離婚嗎？」我試探性的問。「他都已經動粗了，是不是想想以後的事情比較好，而且妳的條件這麼好。」

「婚姻這回事，沒有我們想像中那麼簡單啊。」她點了一支菸。

「反正我不打算結婚啊，無所謂了，借一支菸吧？」

「妳也抽菸？」她有點訝異。

「沒什麼東西是不能碰的。」我說。

林琪笑了笑沒說什麼。

兩個女人在深夜的街頭旁抽菸聊天，有什麼比這個還要淒涼的呢？煙霧在川流不息的夜色車燈中卻相當頑固地不肯消散，今晚感覺特別漫長。

「對了。」她突然像想到什麼似的。

「什麼？」我豎起耳朵。

林琪的眼神猶豫了三秒，然後嘆了口氣。

「沒事。」她說。

「哎唷，這裡又沒別人，快點說吧，今天看妳這樣魂不守舍的，一定有事。」

林琪還是不說話。

我的腦袋快速旋轉。「難道是不倫戀嗎？」

其實我也只是想試探，只要有機會，我就想抓抓林琪的小尾巴。

「反正……」林琪又吸了一口菸。煙霧之中她的臉龐又更顯得冰冷。

「反正什麼？」

「妳現在所聽到的以及我所講的，過了明天，我都不會承認，不管妳怎麼去說。」

「拜託，我又不是聖女米雅，趕快跟我說。」
「妳怎突然這麼有興趣？」
「還反問我，是妳自己賣關子啊。」我反駁。
「我沒有賣關子。」她不承認的模樣還真令我想笑。
「好啦，我知道妳是想打個預防針。」
我不得不說，林琪是完美主義者，她總是希望把所有事掌握在自己手中，但人生經常難以捉摸，所以她偶爾會表現得反覆無常。
「況且，妳難道不知道我今晚被一個聖女批判得很悶嗎？」我補充。
「說的也是。」
「那客兄是誰啊？」
「很難聽耶，什麼客兄。」
「那就是有了喔，哎唷，大家都是成年人了，不用裝什麼神秘啦。」
自從平時表情冷酷的林琪跟我們說她丈夫動粗事件後，雖然表面我們都很同情她的遭遇，但其實我和米雅各懷心思，米雅和林琪也互相猜忌，因為米雅跟林琪丈夫很要好，所以懷疑整件事的真實性，林琪則懷疑米雅跟她丈夫的關係匪淺，算是處於一種恐怖平衡，這很容易觀察得出來，而我則是覺得什麼都比不上林琪的我終於有些地方可以超前，她自己選擇的婚姻目前狀況不好，而現在，婚外情隱隱約約要曝光，我擁有一種要從妒忌她的心情中解放出來的愉悅。大家維持表面的歡樂（尤其是米雅），其實檯面下已經腐爛發臭，更證實我的論點沒錯。看到這裡您也許會覺得我很奇怪對吧？為什麼要跟別人比較什麼，但我倒覺得很正常，至少我坦白面對自己的感覺，我也說過了，我只對自己的感覺認真，而且，女人之間表面上像佈滿棉花糖的天堂，私底下卻常常是激烈的戰場，這是男人永遠無法明白的地方。

「我們的關係很奇妙。」過了一段時間她好像想起什麼似的很自然地開口。「我跟他在一起的時候天天吵架，每天為了一點小事就爭執好久，也許，是因為我們先有了性才變成情侶，所以並不了解彼此而分手，現在的他單身而且聽說前陣子投資股市賺了不少錢，一方面維持現有工作，還陰錯陽差出了書變成自由作家，過著逍遙的生活，他這樣的身分對我來說再好不過了。我雖然已婚，但老公卻必須常常出差，所以在那個空檔裡我們就見面、玩樂、上床，這樣的關係反而讓我越來越了解他，也了解我們根本就不適合在一起，而現在，分開時乾淨俐落，在一起時就盡量享受歡愉。妳怎麼看這件事？因為我覺得米雅不會了解，而且也不可能讓她知道，妳知道我們的利害關係吧。」

「當然知道，等一下，妳說的那個男人是威凱嗎？」

「我描述得夠清楚了吧。」

是威凱！我心裡大叫。

「喔，但妳應該不是要尋求我的認同才跟我聊吧，妳一直都很知道自己在做些什麼，對吧。」我說，話中帶有點嘲諷。

「不是尋求認同，我很清楚我在幹什麼。」

林琪抽菸的模樣有些倔強，她現在的思緒一定很糾結。

「好啦，我知道，而且我沒結過婚，所以不曉得婚外情到底是怎麼樣，不過有人這麼說，『請珍惜你婚外的真愛』，我想大概就是這麼回事吧。現在是個流動快速的世界，什麼都快，人的消失以及出現也都只是瞬間，把自己勉強鎖在一個地方，多辛苦。姑且不論是否為真愛，而且基本上我也不相信真愛，不過倒是一種調節，說不定還能幫助妳的婚姻。」

「我跟妳有類似的想法。」

「只不過要小心徵信社，現在民法又不保護女性。」

我有點心虛，對於自己這樣的動作而感到虛假，心裡的小黑鬼雀躍的喊叫著：「才不是這樣呢！」這樣的關係一點也不酷，因為這就是『不像樣的不倫關係』，在我的想法裡這種關係最為糟糕，一開始的確會很好，但接下來一定會走下坡，維持不了多久的。如果林琪是跟陌生男子有婚外情倒沒太大問題，但林琪和威凱已經經歷過前兩種關係，現在又湊在一塊絕對是最糟時刻，明知山有虎偏向虎山行，只會走向敗亡一途，就算是我也不願意輕易的踏進第三種關係。林琪最終會證明我的理論正確性，不過我不打算再把這三種關係告訴她，就算是告訴她，她也一定會嗤之以鼻吧，畢竟她是個決定自己人生的女人啊，而不相信此理論的米雅最後也一定會因為 Steve 的乖戾性格被迫走向另一種敗亡，好戲即將一齣齣上演。

「徵信社？」林琪一臉不在乎的模樣。「我很清楚狀況，他才不敢，要抓的話也是我抓他，誰知道他每個月在大陸待這麼久幹什麼事，我在大陸也是有眼線的，只要稍微用點功夫，這點小事還難不倒我，我讓他這麼自由，他開心都來不及了，而且我也不怕跟妳說啦，每次看他跟米雅有說有笑的，誰會相信他們有沒有怎樣，我只是睜一隻眼閉一隻眼而已。女人啊，在小地方適度放鬆警戒，在大地方妳就能伸手伸腳，我知道台灣不像歐美，光是個多元成家草案就搞超久，所以只有談利益以及條件才能存活，這是個掐死女人的父權社會，妳懂嗎？」

「我懂，可是他已經對妳使用暴力啦，不管怎麼樣動手就不對，跟父權社會沒什麼關係吧。」我有點不服氣的說。

「這妳就不了解了，那一點也稱不上暴力。」林琪吐了口煙，心事了然的媚態。

「那是我必勝的籌碼，我已經讓左鄰右舍還有他家族裡的人都知道了，無聲無息的，驗傷單我也早就拿在手上，也請教過許多律師，況且跟我離婚對他一點好處也沒有，我年紀還不算大，而且有能力過自己想要的生活，但他要再找一個像我這樣的女人就難了，再加上那件事，他現在根本不敢再動我，我還要感謝他那天真的動手了，才能讓我獲得自由。」

「自由……」我目瞪口呆。「換句話說，家暴這件事其實是妳所設下的陷阱？」

「這就是不能說的秘密。」林琪說。「女人還是要聰明點呀。」

關於林琪所說的多元成家草案我略有所聞，主張在婚姻制度中再增加伴侶制度，如果簽訂伴侶制度就沒有性忠貞的義務，無通姦罪，草案提出來就引起各界撻伐，大部分人氣沖沖的認為如果真正施行，家庭就會崩潰，道德就會瓦解。我沒興趣支持也沒興趣反對，只覺得很可笑，在這個離婚率超過百分之五十的社會中，性忠貞只是狗肉店外必須掛著的羊頭，而且放心好了，這羊頭還會持續掛下去千萬年，如此而已。

　　獅子座的林琪習慣在我們面前像個王者般凌駕於她丈夫之上。喔不，她習慣凌駕於任何事物之上，尤其是男人，家境富有的她從小就擁有許多人沒有的優勢，看著鑲在她瓜子臉上那雙明亮而深沉的眼睛，令男人發出嘆息聲的皮膚，很難相信她還是烏石港有名的衝浪美女，皮膚怎麼樣都晒不黑，而且怎麼吃都不太會胖，鼻梁和乳房同樣都性感的隆起，幸好她並不像時下的一些潮流女孩熱愛炫耀自己的身材長相，動不動就上傳清涼照片到網路感受人群追捧的虛榮感，不然我才懶得花時間注意她。她的自信是來自於無時無刻、也來自於不知不覺，只有像我這種敏銳的女生才能了解她的囂張。在我認識的女生裡從來沒有一個像她，所以，越是了解、越是想接近、越是嫉妒，簡直就像趨光性昆蟲。對，這就是我想像中的自己，我想像環繞在嫉妒所點燃的火光旁的斑斑蟲點。

　　「妳怎麼啦？在想什麼？」林琪說。

「喔，沒有，我在想威凱竟然會變成作家。」我說謊。「以前他是個愛玩的傢伙，有點油條，經常想跟女孩們混在一起，功課不太好，尤其作文更是寫得亂七八糟，所以我還真不太敢相信。」

夜漸深，路燈孤獨的站著散發出孤獨的光線，往上瞧，斑點大小的黑影搖搖晃晃。

「妳不了解他，他腦筋本來就動得比別人快，但也很怪，尤其在感情世界裡，他算是怪獸。」

「啊？怪什麼？」

「怪獸。」林琪又慎重的說一次。

「怪獸？」

「粗暴地將女孩們的心啃蝕殆盡的怪獸，連血都會吸乾喔，然後他就會離開了，繼續尋找下一個，情感越豐富越好，那是他活下去的養分。我和他現在的關係是他的養分、他的靈感，我們的慾望還有我們一起所遭受的痛苦也都是，但是在此同時，也完滿了我缺乏的一部分。」

「同病相憐？」

「我們大家多多少少都有點病態，都病了。」

林琪將菸丟到地上，用 NINE WEST 的黑色高跟鞋啪的一聲踩熄。

「我該回去了，我老公會打電話回家。」她看了看手錶。「再見了，雖然總是不知道下次什麼時候會再見。」

「再見。」我說。但心底突然有糟糕的感覺，那是一種不甘心被壓倒的感覺。

好吧，我有病。

我走向紅色 Mini Cooper，用遙控器喚醒她，先不急著坐進車內，我輕輕撫摸引擎蓋表面漂亮的紅色烤漆還有那一對小翅膀標誌，那是自由的象徵。我打開門，發動車子，傳來舒服順暢的引擎聲，我將車子開到大佳河濱公園寬闊的免費停車場，熄火，想到無理取鬧的父親以及懦弱的母親我就不想回家，紅寶貝是我的專屬行動單人房，我將椅背攤平，睡著時迷迷糊糊作了夢，可是醒來卻又完全遺忘了。

03

夏桐日記：要完全接受一個人很困難，但在一起很快樂可以嘗試。

您一定好奇為什麼我不想回家對吧？先聲明喔，我睡在車上並不代表我喜歡住車上，哪個女生會喜歡在空無一人的停車場裡睡覺，倒楣的時候會有流浪漢來敲打車門把我嚇得魂飛魄散，趕緊驅車逃離現場，而是，不知不覺我好像哪裡都沒辦法去，變成無家可歸的小孩了。父親從我小時候開始就習慣性酗酒，動不動就會被激怒而大聲怒罵，摔桌子、把電視砸碎也是家常便飯，對什麼事情都極度不耐煩，從來不曾幫忙家事，就連養家的基本義務也由母親扛起，學生時期每次月初就必定會為了生活費、教育費爭吵，父親覺得已經為了家庭付出全部，但其實也只不過拿出不到一半的薪水而已，也經常對母親拳打腳踢的，哥哥看不過去還曾經跟父親大打出手，我們兄妹都曾經力勸母親跟父親離婚，但懦弱又傳統的母親已經完全被父親支配，常常說什麼做女人的就是要認命，妳爸爸脾氣也改很多了之前更嚴重，沒有完整的家是很悲哀的事等等理由。

完整的家？我從來不認為曾經擁有過一個完整的家庭，我只知道這個家是母親在巨大的傳統教育箝制之下而勉強殘存下來的陰影，就像被刀子劃破 LV 經典包然後再試圖修補它，要假裝它還是原本的經典包已經是不可能的事了，傷痕永遠存在，除非直接換一個新的，但家庭並不像 LV，只要肯花錢就可以換一個新的。

現在回家只會看見母親帶著抑鬱的表情打理家裡，父親還是每天醉醺醺穿著工作服像個流浪漢般躺在客廳沙發上睡著，有時候遇到深夜返家的我就是一陣破口大罵，母親也只會故作無辜地安慰我說：「唉，妳爸就是這樣，為了這個家就忍忍。」除了外頭的酒肉朋友之外，家裡沒有一樣事情他看得順眼，我父親心裡有病，但母親心裡的病更為嚴重，就像林琪所說的，我們都病了。精明的哥哥最後放棄待在家裡，跟女朋友直接搬到外面同居而過著逍遙的生活，成為了真正的自由人，我很羨慕他，也想著哪一天可以跟他一樣從這個家逃離出去，但我始終放不下暴躁的父親以及懦弱的母親，並不是說我有多孝順，而只是找不到理由離開而已，所以那天當宸禕問我人生中有沒有想要過什麼禮物時，我直覺就想到一台紅色 Mini Cooper。

「喔？為什麼是 Mini Cooper？」四十三歲的宸禕展現好奇心時那額頭上三條細紋就會浮現。

「不知道，直覺就想到了，總覺得那雙翅膀可以帶我走向自由。」我慵懶的回答。

「沒問題啊，小事一樁，我朋友在開二手車行，Mini Cooper 的二手價格應該還 OK 啦。」

「你該不會認真的吧？我只是隨口說說。」

「真的沒問題啊，就送妳吧，也不用太嚴肅看待這件事，剩下的所有事就我來處理吧。」

「這太誇張了吧，難道你跟每個女人都這樣說話嗎？」

「怎麼可能，當然只有妳呀。」宸禕認真的說。「再怎麼樣我又不是含著金湯匙出生的，只是年底選舉快到了，公司有很多帳目要做報銷，必須有些名目下的資產，有點複雜啦，不過我想妳懂的，這不會花太大的力氣，妳不是讀財經出身的。」

我翻身壓在他身上。「喂，你太寵我的話，我覺得我會變本加厲喔。」

「如果我就是要寵妳，怎麼辦？」

我就是要寵妳，這種話男人總是說得理所當然，我差點笑出來，不過還是盡量忍住，說完後他又給我深深的一吻，令我情緒鎮定的，是他身上淡淡的 Dunhill 菸草味道，不是那句話。

一個星期後我得到了紅寶貝，我負擔一部分，當然是以我能力所及的部分，其他的還是宸禕全部處理掉，不只如此，有時候他還會在我的薪水帳戶中多匯了幾筆錢，雖然沒有不成文的契約，但我簡直就像被包養的方式與他相處，或許您會說這不道德、不倫理，我的確沒有理由反駁，我不是聖人，不會不去動用多餘的錢，我有財務上困難之處，雖然餓不死，但能有多點寬裕我不會不接受。以前，我無法想像八卦新聞裡那些光明正大被富商包養的小模藝人，相當不予置評，不過實際遇到時的確就是這麼簡單，男人負責金錢，女人負責歡愉，再用兩情相悅、情侶、夫妻、情婦的外衣包裝，這社會中多的是這種例子，我只是其中一個，但我也是其中一個認為這種包養方式什麼時候結束都對我沒有影響的人。我的確喜歡宸禕，宸禕也喜歡我，我們之間的方式沒有令彼此感到不舒服，在這期間如果感覺對了，我還是有可能跟別的男人上床，但我還是要強調您所介意的，這也許是不道德、不倫理的方式，但在我心中，我覺得兩個人在一起而且還能快樂，就是倫理、就是道德。

既然說到宸禕了就不得不先談一談 Kuma。

出社會後，我在一家綜藝節目製作公司裡當節目助理，當時 Kuma 是攝影助理，而宸禕則是面試我進來這家公司的協理（現在已經是這家公司的負責人了）。因為某個談話性節目突然大紅，我和 Kuma 首當其衝經常加班到凌晨，單獨相處的機會大增而自然而然地靠近，為了不想造成不必要的麻煩，當時我和 Kuma 的戀情很保密，同時，我也始終對於「我們是否為一對戀人」感到懷疑甚至害怕，Kuma 對我的好滿溢到我無法負荷，我從來沒有遇過像這樣的男生，為了避免分開的痛楚，我始終無法跟他互稱男女朋友，一旦變成了情人，就有許多責任和現實進入我們的生活中，使得關係變得更髒更複雜，我不想要變成這樣，這是我珍惜 Kuma 的方式。您一定覺得我強詞奪理吧，不過這是真的，後來我們因此擁有了相當快樂的時光，這段時光對我的人生來說至關重要，當然，能夠這樣走下去，說起來也要多虧 Kuma 的體諒，其他男生絕對無法像 Kuma，有一次我們連袂參加他的朋友聚會，事先我就告訴他，我們只是朋友不能是情人。

「待會兒，我們不要牽手好嗎？我不想要在大家面前做這種事，你就說我是你的同事，好不好？」我抱持著也許 Kuma 會就此轉頭離開我的決心，是一種巨大賭注，而且不得不賭的賭注，我簡直就要發抖起來。

「為什麼？」他以平靜的語氣問我。

「因為我不想失去你。」我喃喃地說。

「什麼？」

「不為什麼，只是不這麼做的話，我們可能就要永遠分開了。」

「等一下……讓我整理妳說的話。」他有點吃驚。「如果我們真的向大家承認我們是男女朋友的話，也許我們就會永遠的分開了，是這樣的意思嗎？」

我點點頭。

「如果我們不是男女朋友，就可能永遠在一起了嗎？」

我沒說話，沒有答案的問題是怎麼回答都沒有用的。

「這是有關女生安全感的問題嗎？」

我仍保持沉默。

「還是，有關於男生需要給予承諾的問題嗎？」

我摟住他，他也反射性的緊抱住我，我喜歡這種默契，討厭任何問題。

「我不要承諾，也不是安全感的問題，你可以不了解，只是，跟你在一起很快樂，我不想要任何改變。」我在他懷裡說。

「我懂了。」他摸摸我的頭。

「你真的懂?!」我大吃一驚。

「不完全，只覺得很少有女孩像妳這麼奇特吧，妳不怕我聽了妳的要求後就離開嗎？」

「怕得要死。」我說。

「那以後我們要怎麼辦？我是說，如果我有別的女人，或是妳有別的男人了之類的。」

「到時候再說啊，我怎麼曉得，你不要再問我問題了，如果你再問我，我就只能親你了。」我說。

他低下頭吻我，盡在不言中的吻。

「走吧，我的好朋友。」他微笑地說，然後輕輕放開我，我感動得簡直要痛哭流涕。

我們不在大庭廣眾面前牽手逛街（當然心情好的時候難免），在朋友們面前有默契的不以男、女朋友互稱，想見面時就以訊息聯絡然後約定地點，有時候也會一起出去旅行幾天，這種關係最棒的就是在分開時也能維持好情緒，我們互不干涉對方的生活，不電話干擾，也不咄咄逼人，雖然有時候還是會感到寂寞，但是那至少比失望好多了。「我們像是保持床笫關係的好朋友」這樣的想法雖然不說破，但也實際在維持著，於是，像樣的不倫關係開始，Kuma 是 Kuma，夏桐是夏桐，我們個別獨立於這個令人失望的世界之中。如果硬從世俗角度的戀愛來看，我會說那就像兩顆蒲公英種子在長途旅行中碰巧短暫一起飛了一段路那樣的戀愛。

我知道不可能一直這樣美好下去，還是有些不安，我害怕 Kuma 會越來越不耐煩，也害怕自己是否會擦槍走火，最後還是走入不像樣的正常關係，但其實不然，Kuma 似乎也漸漸習慣這種狀態，我們兩人都適應了，非常不可思議。每次提到 Kuma 和我的關係時米雅都很氣憤，所以我也懶得對她說明太多，您問我喜歡 Kuma 嗎？當然，不然就不會跟他發生關係了，之前說過了，我只相信我的感覺，並不是隨便一個男人都可以給我這樣的感覺，我們之間除了基本的認識之外，從不勉強去探聽對方的事情，在一起就是互相釋放在現實生活中的壓力，任何悲傷、開心的事都可以聊，從不抱怨，我們並不需要太多的溝通了解，從來不說：「你的個性就是太衝動，所以才什麼事都做不好」，也不說「妳就是這樣愛亂花錢，所以才沒辦法存錢出國」等等任何人身攻擊的話，這都基於我們並不非常了解彼此，所以在一起才能很快樂。每個人個性都不同，如果勉強溝通想要對方按照自己的感覺走時就會造成分裂，看看我的家人們就知道了。

「Kuma，我要吃馬鈴薯燉牛肉。」每次到他的租屋處我總是這樣大聲嚷嚷。

「慢慢想吧，想死妳喔。」他說。

廚房飄出了馬鈴薯燉牛肉的香味。

這才是我的 Kuma 嘛……我在心裡想，可惡，他總是會讓我有這種危險的想法，這世界上沒有哪個男人會是「我的」，所以不管多晚我都要離開，我從不在 Kuma 家過夜，這是我堅守的原則，我認為這才是能維持彼此默契的方法。房子也好、車子也好，女人一定要有個地方讓自己能夠待。吃完飯我們做愛，做完愛我們洗澡，還有另一個原則，就是千萬不能一起洗澡，太過頭的親密就會導致太過頭的悲劇。

「我準備要離職了。」Kuma 說。

我躺在他的臂彎裡，用斜眼瞄了一下時鐘，十點半了，決定再一個小時就起身走人。

「為什麼？發生什麼事嗎？」

「有一家香港旅遊雜誌社看到我的作品以後對我很感興趣，我想我也不能永遠當攝影助理，我打算飛去香港面試，錯失這次機會以後不曉得下次什麼時候了。」

「這樣啊。」我心口突然有一陣翻滾，不過沒關係，很快就被我壓下去了，這是我自豪的能力。「所以這就是說你也許會去香港工作囉？」

「不太算是，我可以從網路交件，不過因為是旅遊雜誌的緣故，所以我必須要按照他們想要的主題去做拍攝。」

「什麼意思？」

「意思是我必須要常常出國啦，而且一旦出國，就可能要停留兩個月以上，取材、拍攝、後製、傳送，然後還要在國外等雜誌的通知是否再進行下一次拍攝。」

Kuma 伸了伸懶腰。我又再瞄了一下時鐘。

「很好啊，聽起來是很棒的工作。」

「所以妳支持我囉？」

「沒什麼支不支持的啊，我們都是成年人了，要做什麼儘管去做就是了。」

「冷漠的夏小桐，真是一路走來始終如一呀。」他笑著說。

「冷漠個頭，不喜歡就算了啊。」

「不不不，我喜歡得要命喔。」他搔我癢逗得我發笑。

他抓起床頭的 Lucky Strike 點起來抽。「但是，我老爸可不這麼想，他極力的阻止我去，認為攝影這份工作沒路用，從小到大，除了念書完全按照他們的願望之外，只要是我自己決定的事情，他一定都反對到底，我真的是受夠了。」

「我也是啊，要讀職校不行，要去高雄念大學不行，要買摩托車不行，交男朋友也不行，想要去住外面也不行，就連交了個稍微愛玩一點的同性朋友也會被他們說長道短的，父母都嘛是這個樣子，以為他們無所不能，喂 Kuma，你不覺得我們生來就是個玩具嗎？」

「玩具，什麼玩具啊？」

「任人使喚玩弄的玩具啊，他們把我們製造出來以後，我們就是他們的了，玩具是不能選擇主人的不是嗎，然後，玩具還得討主人歡心，按照他們想要的方式改變我們，如果不照他們的方式做惹怒他們就會被遺棄。」我忿忿的說。我竟然跟他說了這些心事，怎麼搞的。

「哇，這麼嚴重啊。」Kuma 似乎有點嚇到了。

「當然啊，第一，他們會比我們早離開人世；第二，他們只要聽話的小孩，像我們這樣時常搞革命的小孩老早就被放棄了，每次我們跌倒，他們只會說：你看吧，沒有聽我的話就是活該，自己負責。這就是遺棄的象徵啊，不是嗎？」我不服氣的說。

「妳可愛的腦袋要去看看醫生喔，會像妳這樣想的人，不是憂鬱症就是精神異常。」他敲敲我的頭。

「對啦，我是神經病可以了吧，晚上睡覺小心，醒來以後身上不要有什麼東西不見了喔。」

「太恐怖了吧。」

「現在知道太晚了。」我露出陰險笑容。

跟 Kuma 相處一段時間以後，越來越覺得他的特別，但是越是特別，我就越害怕更深入的認識他。他算是很不錯的男人，從學生時期就懷抱理想，經常將夢想和努力掛在嘴邊，有時候突然天外飛來一句不知道從哪裡看來的人生格言像「當真愛來臨時我們都顯得卑微」或是「我們擁有太多願望卻從不起身尋找希望」等等，我都會捧腹大笑。他真的知道如何讓我開心。剛開始他主動靠近我時，我都覺得有點不可思議。如果要問我他最大的優點是什麼，我想我會說是誠實，我討厭為了要滿足女人天生的善妒或不安全感而刻意說謊的男人們，刻意說謊還不打緊，最重要的是連謊言也常常不經過修飾就脫口而出，我厭倦了每次都要裝作一副「真的嗎？好厲害」或者「好，我了解你，盡情去做吧」的表情來面對男人的失敗謊言。女人哪有這麼容易大方，都是強裝出來的而已，其實我們早就知道有什麼事情是不對勁的，什麼事情是虛假的，我們都知道但是並不會說破，這種時候覺得女性還真是偉大。

話說回來，Kuma 也是有缺點，他的最大缺點也剛剛好就是他的誠實，因為在這個社會裡的女人們多半喜歡聽謊言，卻難以接受事實，有一句話不是這樣說的嗎？「人們要你的批評，但他們其實想要聽讚美。」哎呀，我的『Kuma』症又犯了，真不好意思，其實我想說的是，Kuma 或許是聰明的，他感受到我是個可以承受殘酷事實的女人所以接近我吧，但到底事實是不是真的如此呢？連我自己也不曉得了。

半個月後 Kuma 就這樣離職去了加德滿都。然後又過了半個月，某一次深夜錄影時，我因為連續熬夜而導致貧血昏倒送醫，整整住院了三天，在那三天之中不知道為什麼，我的直屬老闆宸禕常常花時間來醫院探望我，一開始我以為他來看我是因為害怕我情緒不穩定，而會把公司虛報製作費的內幕給抖出來，我們公司常常虛報節目製作費給電視公司，例如一集製作費成功申請下來是一百萬，我們大概都只會用到二十或三十萬，因為總是一個人做三個人的事，嚴重超時，材料、場地、設備成本也是能省則省，剩下的錢資深主管們會先扒一層，剩下可憐的殘渣才會給我們基層享用，所以因為分配嚴重不均，前員工就曾經懷恨將此內幕報給新聞台而掀起不小風波，雖然最後順利平息，但現在公司也不敢掉以輕心，除了大筆發送我們

『遮口費』，也常常對我們噓寒問暖，所以這樣不尋常的人、不尋常的探望方式才會讓我懷疑，但後來不是這麼回事，他好像真的漸漸對我感興趣。

起初，我不動聲色的靜靜觀察他，盡量保持被動，因為我不想跟已婚多年以及擁有一個五歲小孩的中年男子有什麼糾葛，不過我還是忍不住習慣性的想像他裸體的模樣，粗壯結實的小腿，精壯的身材藏在經常穿的白色 Polo 衫下，我想應該不大有腹肌線，胸肌微微的隆起，從V型領口中可以看得見那健康的小麥色肌膚，以及那簡單的短髮和因為久戴蛙鏡而在太陽穴旁微微顯現的痕跡，我幾乎可以肯定他絕對經常下水，我一個星期幾乎要去游泳兩次，這點我很清楚，但至於經常下水的「那個」到底如何呢？難道會因為常常泡水而顯得皺巴巴的嗎？想著想著我不禁摀嘴偷笑。

「怎麼，想到什麼這麼好笑？」他忽地轉過頭看著我。

現在晚上九點，我父母已經都不來醫院了，只剩下宸禕和我，因為第一天父親來了以後把我臭罵了一頓……早叫妳不要進這家公司妳就是不聽，就跟妳說女孩子不要跟演藝圈有什麼瓜葛，妳到底什麼時候才會乖乖聽話，不要以為長大了我的話妳就可以不聽……於是被激怒的我朝父親大吼，這一吼也讓我哭了，我討厭因為家人而哭，可是每次總是為了家人而哭，不管怎樣，他們不來我也感到輕鬆多了。而宸禕是下班後順便來，大概待個半小時就走。

「沒有，我有笑嗎？」我趕緊把桌上的指甲刀拿過來用。

「在日本的習俗裡，晚上剪指甲是會剋死父母的。」

「那正好啊。」我洩憤般的用力剪著腳趾甲，我的趾甲太軟，不夠銳利的指甲刀真難剪。

「這麼氣憤。」他拉了椅子到我身旁坐下。「怎麼啦，你們家裡有什麼問題嗎？」

「沒……沒什麼事，就算有，也只是我自己的事啊。」

「這樣子啊。」他撫摸著下巴，好像一副相當了解狀況的表情。「好吧，私人的事情我不多問，我只想要問一個問題，妳真的不認得我了嗎？」
「什麼意思？」
「喏，妳仔細看看我。」他把銀邊眼鏡戴上然後起身，左手稍微抬起裝作好像拿著書那樣。
「哈哈，李經理你在幹嘛啦，好奇怪。」我大笑。
「T女子高中，一年三班夏同學，什麼事這麼好笑嗎？」他突然用食指指向我，露出性感笑容。
「What ?!」我驚叫一聲。「你怎麼會知道？」
「還沒認出來嗎？妳還有一次機會喔。」
「糟糕～」我搔搔頭有點慌忙，平常我就自認為記憶力相當不錯，很多事經常都是過目不忘，當年能考進T女中的大部分原因也是憑藉自己驚人的記憶力，可是我卻想不起限前這個男人。
「我是李老師啊，曾經在妳們班代英文課，差不多兩個星期吧。虧妳還是我的英文小老師，妳常常跟我一起批改考試卷，我們還聊過不少事情。」

「啊～我想起來了。」我拍了一下床鋪。「不過不對啊，老師的名字叫作李中原啊。」

「這個妳就記得了，因為名字不好啊，後來就換了。」

「我同意，我們都私底下嘲笑你的名字太土了。」

「喂喂，妳這個女孩子偶爾選擇一下話說好嗎？」

「是是，抱歉，李經理。」我突然忘記他也算是我的直屬主管，我這樣有點無禮了。

「跟妳開玩笑的，別道歉，那這樣妳有想起來了嗎？」

「長相差好多，那個時候記得老師膚色很白，身體也比現在瘦很多，講話聲調也變低沉了，我覺得根本是不同人了啊，而且，你的眼袋變得好重啊。」

他有點驚訝，把眼鏡抬起來用指尖觸碰那厚重的眼袋。「妳倒是挺觀察入微的，這點事妳也記得？」

「當然，所以因為這樣我才認不出你，我什麼都不行，但記憶力可是不輸人的。」

「如果什麼都記得住，我想不算是什麼好能力，妳很痛苦吧？」他的眼神突然充滿關愛。

「沒什麼痛苦不痛苦的啊，人生不就是那樣。」

「怎樣？」

妳很痛苦吧，聽他講了這句話後……我突然有些緊張，這時候我想轉移話題了。

「反正就是那樣，不說了，對了，為什麼你認得出我呢？」

「當然是履歷表啊。」

「也是……」我暗暗地罵自己蠢蛋。

「因為，妳現在變得這麼漂亮，我怎麼可能會認得出來呢？」

「意思是以前很醜囉。」我的心，怦怦然……

他不回答我的話，只是又靠近了我一點。「妳呢，覺得現在的我和以前的我比起來如何呢？」

「老多了，也醜多了。」我笑了笑。

「妳喔……」

「童言無忌，童言無忌。」

「那這樣，不知道我的年紀還來不來得及親妳？」他認真的說，一點也沒有調戲的感覺。

「啊？」我小小的驚呼一聲。

其實我早就知道了，我們之間的立場完全被他所主導，我什麼話也說不出口，他緩慢靠近，用他的唇輕輕碰觸我的唇，這是禮貌的接吻，比起一些年輕小伙子的胡亂接吻，宸禕的接吻技巧高明多了，還帶著淡淡的菸草味，不過我卻突然想起在泳池底部被陽光穿透下來的奇異光線。

「有游泳池的氣味。」我說。

「真的嗎？我正要說，因為後來我迷上了游泳，也有去考救生員職照，所以膚色才會變這麼多吧，我剛剛也才游完泳，妳的嗅覺還不錯。」

「我也常游泳，你會自由式嗎？」

「當然，我有職照的。」

「下次教我好嗎？」

「沒問題。」

「不過很奇怪，你是為什麼會走入這一行的？你現在不是應該在學校裡當老師嗎。」

「這裡可是台灣呢，給妳猜，從師範體系出來的人能夠變成正職教師的有多少百分比？」

「百分之十？我隨便猜的。」

「很接近，不過數字是百分之二，最近已經跌破百分之二了，我把錢定期定額投資在績優股裡獲利都不止百分之十了，時間比錢還更珍貴，所以我又何必把時間花在只有百分之二的地方。」

我們聊著再平凡也不過的話題，好像接吻是個鑰匙，打開門後，我們的交談變得順利多了。舒服的接吻好像一起在海岸旁聽濤聲般，沒有任何奇怪的地方，這也是他一直以來給我的感覺，自然與自由。

「股票什麼的我不太懂啦，不過你說的倒是很有道理。」

「妳該學一學的，現在不是很流行什麼小資女嗎？」

「小資女？」我有點不屑。「我猜那個只是新聞說說而已吧，沒有一點背景和人脈，要賺錢有這麼容易嗎？有沒有百分之二都不曉得了。」

「妳說的也有道理。」

「結婚率有多少百分比？」我問。

「沒研究，不過應該很低吧。」

「生育率呢？」

「更低吧，我記得台灣的低生育率是世界榜首。」

「那，我想跟遇到好情人的機率是一樣的吧。」

Kuma 現在在尼泊爾幹什麼呢？跟女人上床嗎？我心想。

「也許吧，我就不是一個好情人。」

「所以，這意思是說你是好老公、好丈夫囉？」

「妳的腦筋動得倒是挺快的。」他歪了歪頭。「但我想，這不是我可以決定的。」

「你該回家了喔，不然應該就不算是好老公、好丈夫了。」我指了指桌面上的時鐘，他今天已經待超過一個小時。

「啊，的確有點晚了。」他看了看手錶，神情有些緊繃。「妳就休養到妳想回來上班為止，好好保重身體，公司會幫妳出住院費和診療費。」

「我明天就出院了，後天應該就可以上班，多補充營養的話我想應該沒事。」

「不要緊的，身體為重。以前從來沒有這個例子發生，這是第一次，所以我非常在意。不多說了，就這樣子，我先走了喔，多喝水按時吃藥。」

「路上小心。」我說。

他抓起大衣往房間門口走去，強烈預感從心中浮現，這個瞬間我不要宸禕離開，不要留下我一個人好不好，不要總是留下我，我才不怕孤獨，可是不是現在，再多留一會兒，一秒鐘、一分鐘、一個小時，我在心中祈求且雙手輕輕抓緊著被單，倔強地把頭偏向九樓的窗戶外面，強忍住如沸騰鍋蓋的心，暗夜的天空閃過幾道光亮。

要下雨了嗎？

耳邊好像拂過一陣溫柔的風，我聽到了腳步聲接近自己，一股力量迫使我轉頭望向門口。他，宸禕，雙手捧著我的臉，我閉上眼感受他的呼吸還有舒服的菸草味，應許了所有一切，應許了我的自由，應許了他的不忠，也應許了以後有機會發生的不倫……雷聲響起，窗外雨水淅淅瀝瀝的落下，敲打在光滑的玻璃窗面上發出悶悶的聲響。

「真不想離開了。」他說。

雖然我們擁有紮實而綿密的吻，就像踩在六月南島國家的長長沙灘上那種驚豔般的短暫窒息。不過，在時間漸漸的拉長之後，我就感到越來越不踏實，排斥感也漸重，但我知道那並不是討厭，只是，就像在巴黎遇到特別美味只能吃一次的馬卡龍而不想這麼快吃完的感覺。我在心裡嘆息而且欣喜，因為這又是另一個像樣的不倫關係的開始。

「剩下的……」我輕輕推開宸禕。「留到下次吧。」

「教妳游泳的時候嗎？」他問。

「再猜猜看。」

故事進行到這裡，我想要大概描述一下我的外表，相信您也一定有點好奇了，像宸禕這種在電視圈裡打滾多年並且還算成功的男人會想靠近的女生想必擁有相當吸引人的外表，但很可惜讓您失望了，我必須要先說其實我真的完全不算是漂亮的女生，回首過往，我所就讀的Ｔ女中裡就有很多美得像是不小心就要飛入天堂永不再回來的精靈，簡直全校有一半都是相貌與才智兼備的女孩。等走入社會之後，我遇見更多不同類型的大美女，況且在電視圈裡有主播、外景主持人、約聘模特兒，她們各自擁有不同特質，性感的，可愛的，誘人的，俏麗的，白皙的……等等不勝枚舉，有時當我洗完澡對著鏡子擦乳液時都會忍不住懊惱起來，像我的眼睛大小雖然還算滿意，但是中間的距離稍微寬了一點，鼻頭的肉也嫌多了些，嘴唇不夠翹，皮膚常常一晒就黑，害我每天不得不擦隔離霜和防晒乳，所以我喜歡游泳但討厭去夏天的海灘，胸部形狀也不夠美，為此還曾經動過整形的念頭，身高雖然還算在平均值之上，但肩膀比起一般的女孩卻顯得寬了些，骨架也稍微魁梧了一點，所以不小心吃了幾頓大餐，接下來整個星期都會覺得自己壯得像某種森林生物一樣。女人真是辛苦，辛苦的地方不在於維持身材與美貌，而是如何承受四面八方以及來自內心湧出本能性的較量與妒意。

但是不知道為什麼，雖然我如此平凡但還是容易吸引男人目光，並不是想誇耀自己有多受歡迎，這個話題太無聊了，而且前面說過，我壓根兒不覺得自己有任何可以誇耀的地方，只是覺得每當男人突然目光黏在我身上並且漸漸靠近我的時候，我都會覺得有些奇怪，尤其是身旁還有比我更漂亮的女人時。聽說男人就像獵人，瞬間會被顯得比較弱小的動物給吸引而不是比較美麗的尤物，他們會看見我眼神裡的脆弱嗎？不，我不認為男人可以看見我的脆弱，一點也不，但那是為什麼呢？每當一段關係最後變得糟糕，男人用不耐煩的眼神對待我時，我都會靜下來專心想這回事，所謂吸引力到底是怎麼樣，我們並沒有什麼爭吵，在一起也盡量保持愉悅，可是就是會有什麼從我臉上或身體上慢慢的消失，讓男人越看我越不順眼，進入了所謂的不像樣的不倫關係階段。我的腦海總是會找尋許多答案，可是卻又總沒有任何正確答案。男人總是想從我這邊要求些什麼是我沒有的，而且，我也不會盡力去找到我所沒有的什麼。久而久之我有點膩了，所以我將男人離去後的空缺填入了我要的自由，建立了一些規則，彼此能夠好好遵守的話，就連分開也能夠微笑道別。

04

夏桐日記：只要不互愛，人與人之間的聯繫必將更為簡單，只要不互愛。

我跟宸禕一個星期約見兩次到三次面，假日不見面，見面的地點不是在他的東區日租套房，就是偏遠的海邊溫泉，我們無法在太熱鬧的市區街頭見面，這是當然，不過我本來就不太喜歡逛街，所以倒也還好。其實他曾經有想把套房買下來的念頭，還問過我意見，好像意思是要我搬去住，當然我才不會給什麼意見，買下來的套房我也不會去住，套房不會是我的，就算是我的也只是短暫的幻想而已，對此我也知道因為沒有給意見他鬆了口氣，這點自知之明我還有，這只是個試驗罷了。

和林琪、米雅分開後的這一週過得很正常，上班、加班、下班然後回家看見有著失敗人生的父親在我面前嘮叨，以及有個失敗女兒的母親在我面前唉聲嘆氣，很正常，永遠都無法改變的家庭生活。這樣的生活持續到週末卻發生了小插曲，這個事件差點導致我和宸禕的關係破裂，那天，我去市政府一趟處理事情，順便就到敦南誠品買書，雖然遠遠地在街頭這邊我就看見宸禕他們夫婦倆，但是已經避不開了，我們必須擦身而過，本來我完全可以裝作路人甲直接低頭走過，但卻被人拉住手，能感覺到是個女人的手，我全身的血液就好像瞬間凝固一半，連反射動作都沒有也不敢轉頭，一顆心懸在半空中。

「小姐，妳的錢包掉了喔。」

我轉過身像驚弓之鳥般上下觸摸自己的口袋以及肩包，而李太太則用精明的眼神上下打量了我。

「抱歉……喔，不，謝謝妳。」我整個人有點窘迫，伸出手接過錢包。

「咦？阿禕，這不是你們公司的夏小妹嗎？」她說。

夏小妹？他們平時都這樣叫我嗎？宸禕這笨蛋，難道他什麼都跟她說嗎？

「是啊，好巧，剛才我還沒發現呢。」本來裝作若無其事的宸禕也不得不轉過來面對著我。

「李經理。」我示意性的向他點點頭。

眼前是大約四十歲上下身材略顯福態的李太太，她跟我那瘦弱的母親完全不同風格，全身不論是服裝和配飾都相當講究，雖然我不太懂名牌，平時也只穿大眾時裝品牌，但我可以辨別出設計師款式和大量製造款式的不同。李太太出身想必也相當良好，不過這種設計師名款穿在這種身高不夠、腿比例不好，胸部又撐不出形狀的女人身上，只有災難二字可以形容。雖然她假裝客氣，但眼神仍然惡意般的在我身上游移，好像試圖要找出什麼訊息，有關於她老公的任何出軌的訊息，這讓我感到相當不舒服。對她來說，任何在她老公身邊的女人都是敵人，我看得出來，甚至一眼就明白，那股傲慢並且覺得全世界都站在她那一邊的氣息早就已經出賣了她，這樣的女人比起林琪、米雅，甚至是我那懦弱的母親都還要令人難以靠近，我架起了高度防禦態勢。

「一個人嗎？男朋友怎麼沒出來呢？」李太太把錢包給我以後接著問。

我笑而不答，只是搖搖頭。

「別問這麼多啦，那是人家的私事，妳很囉嗦。」宸禕站在李太太的後方，滿臉不耐煩的抱怨，跟我老爸有點像，我倒是第一次看見他那個樣子。

「怎麼會沒有男朋友呢？長得這麼漂亮，冒昧的問一下，妳今年幾歲了呀？如果妳不介意的話。」李太太根本不在意宸禕的阻撓。

「二十九歲。」

「已經二十九啦，差不多該結婚了，我和阿禕差不多在二十七結婚的，妳要加油了喔，太晚結婚的話生小孩不容易呀。阿禕，有沒有什麼好男生可以介紹給夏小妹？」

雖然拎著款式俐落的愛馬仕包，但是她瞧不起人的浮腫嘴角一直不安分的抖動，真令我作嘔，我根本覺得她是衝著我來的。

「妳真的很愛管閒事，人家結不結婚關妳什麼事啊。」宸禕已經等不及想走了。

「你怎麼這麼說，幫助人也是好事一件呀，我就是看到現在時下的年輕人都太自私了，什麼事都是自己快樂就好，該盡的責任也是要盡啊。對不起喔，夏小妹，我不是在指責妳，只是喔——」她還想要繼續說下去，但是我已經受不了了，所以我主動出擊。

「李太，我有男朋友啊，我們對未來也有一些規劃，所以這妳大可以放心，也不用介紹男朋友給我，我會一個人逛街只是因為我男朋友太忙了，他要忙著陪他的老婆以及小孩，我們相處的時間很少，他正在跟他老婆辦離婚，一旦他們離婚，我們就可以繼續下去了呀，所以不用太擔心，謝謝李太。」

她被我的一席話給嚇傻了，而宸禕連看我一眼也沒有，皺著眉頭望向車水馬龍的街頭。

「這樣不太好吧……」李太太的眉頭堆得像山高，又上下的打量我一次。

「我還有事情，抱歉失陪了，再見。」

我轉身離開留下他們倆，拒絕去想李太太現在臉上的表情，想那些會使我心情變糟，而且，我本來就是一個有時候會不管後果如何的女生。您看到了吧，這就是為什麼我會說私底下女人的世界就像戰爭一樣。我轉開引擎將車移動到老地方河濱公園，熄火停車，思緒還在混亂當中，我趴在方向盤上，聞著淡淡的塑膠味道，從擋風玻璃向前方望去，河對面像俄羅斯方塊堆積在一起的高級住宅區裡矗立著突兀的摩天輪，它在雜沓的都會黃昏中近乎無聲的轉動著，就像命運之眼直直瞪視我，同時也瞪視著在這個都會中迷失的男男女女，誰期待被愛，誰深愛著誰，誰承受傷害，誰傷害著誰，誰疑神疑鬼像個疲憊偵探，誰躲躲藏藏像隻夜裡的貓……等等等。所有的人在這個蒼茫暮色當中沒有一個能從這命運之眼下逃走。Fatalism（宿命論），從腦海的深處突然浮現這個英文單字，是 Kuma 在看完白石一文的《關於我的命運》時告訴我的。他很愛讀日本小說，雖然我對小說一竅不通，但有時候我還滿贊同他的說法。他很喜歡這個英文單字，每次他都覺得這個單字可以解釋人世間的所有事物，記得他說過：

「Fatalism，這是宿命，我們這一代人已經永久失去過往的光彩了，所有的藝術、所有的故事、所有的美麗和殘酷都已經被描寫、被摹繪、被探討，要說現代人如果能散發出什麼魅力的話，就在於我們對於擁有孤寂的深刻體認，並且，對於一切事物皆無意義的本質了然於心。」

一切事物皆無意義。Kuma為什麼能夠說得出這樣的話呢？真是令我吃驚，或許他以後真的會變成藝術家吧。我搖搖頭，無謂的妄想很傷神，過去的人就留在過去吧。我抬起頭，夜不知不覺的降臨了。

『妳差點把我害慘了，我們暫時先不要見面。』

『今天妳到底怎麼了，我已經盡可能幫妳，根本沒有必要發生衝突。』

『我不是想責難妳，只想要維持我們之間的關係，不要改變，妳懂嗎？』

打開手機，宸禕兩個小時之內傳了三通簡訊，這是他第一次責備我，看到這些簡訊，突然也覺得自己玩過頭了些。我調整椅子躺斜，轉開音樂，左手握著發光的螢幕，右手手指上下滑動著這些簡訊，不只他的簡訊，每每到了週末總會有些邀約，像是約唱歌、約酒吧或是任何場合有女生需求的無聊男人的邀約簡訊。除去那些邀約，剩下的則是很多帶著性暗示的無聊簡訊，像是這個總是哈哈哈的白痴：

『好久都不聯絡，怎麼啦妳，哈哈哈，今晚要約出去嗎？我知道有一間很棒的旅館喔，哈哈哈，還是妳有別的男人了？哈哈哈。』

還有像是這個，雖然有點幽默但還是一樣無趣：

『寂寞病毒擴散，病危，需要大美女桐桐的診療。』

無聊透頂！為什麼大部分的男人總是不曉得什麼時候該是結束，只要上過一次床，他們就會自認為拿到了打開女生心門的鑰匙，遇到不會糾纏的還好，最糟糕的就是遇到像智障的蛇般纏住妳的男人，他們不懂得什麼叫作尊重，所以自然地，我也不懂得怎麼去尊重這些男人。

黑夜最終還是吞噬了暮靄，在暗色中，光彩奪目的命運之眼更顯跋扈，幾乎令我恐懼。未來的道路是否全部都被你設計好了呢？尤其像我這種什麼事都處理不好的女生，此時，耳邊又聽見幾道鈴聲，又是從哪個無聊男人想要放網釣魚所發送的群組簡訊吧，全世界的寂寞在喧譁，到底誰在幸福呢？如果誰都無法從這寂寞海中掙脫出來，我選擇放手往下沉。

如您所看到的，那個事件後來也產生不小的影響，宸禕和我避不見面，另外則是我的工作量越變越少，這是我後來才漸漸發覺的，這樣就少了很多深夜加班時跟他獨處的機會，這一切也是被設計的吧。原本我想要道歉，畢竟他也傳了很多通簡訊給我，然而已經過了道歉的黃金時刻，現在再道歉未免也太矯情，我在心裡編造了許多理由不道歉，但事實上是我不曉得該怎麼做才好，只能任由時間逐漸僵化自己也冰封著彼此。我討厭這樣的自己，但是卻又無可奈何。Kuma 也曾經唸過我的個性，不過我還是只能任由自己像鴕鳥般花更多時間躲在游泳池裡，既不想回家也不想跟任何人聯絡，任由冰涼的池水拖浮著我、環抱著我。我慢慢的換氣向前划行，蛙式、宸禕教我的自由式以及我最喜歡的仰式，我想除了紅寶貝之外，水是我最信任的朋友。夜晚，在50公尺標準池來回用自由式奮力衝了幾次暖身後，呼吸也漸漸急促，胸口暖暖的，雖然水溫很低但身體的溫度也能夠適應了，這時候我就會開始放鬆身體，大部分藉著水的浮力帶我向前，這樣能清楚聽見自己浮出水面時的呼吸聲。淺水區與深水區的交界，水銀燈的光束在水底交織成網，藍色方形磚像擁擠城市的寂寥表情，我像高空中的候鳥俯瞰著這城市，進入深水區後離終點還有一段距離，常常因為恐懼而換氣不順，身體不自覺本能的加速離開，因為加速所以導致肌肉更為緊繃，身體的協調會更為惡化，但今天我卻想好好看看這深度，我一邊想宸禕說的話、一邊放鬆的游著。

「記得，游泳最重要的不是姿勢，而是怎麼跟水融合在一起，讓水認識妳，讓你們彼此互相幫忙。還有不要讓距離成為妳的恐懼，不要望向終點，而是專注在池水底部的線，否則妳會因為感覺終點還太遠而無法好好換氣。」

不要望向終點。也許這就是我跟宸禕的關係，也是我跟所有男人的關係，想到這不可逆行的規則以後，我的身體就更輕鬆了，放棄和堅持有時候是同義詞。

水底下泳鏡所看出去的世界變得模糊，到了池邊後眼淚就好像也放棄逞強般落下，臉上的池水與淚水融化在一起，是為了什麼呢？只為了心中不知名的空洞吧，耳邊雖然有許多水花濺起的聲響，呼吸的聲響，但漸漸地我已經都聽不到了。

還記得，那是秋天無聲無息的結束、冬天邁著沉重的步伐靠近的其中一天，宸禕來到了游泳池，我不知道他怎麼找到這家沒沒無名的泳池，不，他當然知道，他就是在這裡教會我自由式的，我會在這裡，不也是期待再見到他嗎？我到底怎麼了。那是平日晚上，已經幾乎沒有什麼人，他用蝶式在水道裡跳躍出惱怒的弧線，早在他走進泳池我就注意到了，其實我想要離開，但是全身像是被無形的力量給綑綁住，驚覺到，像針尖般的渴望刺穿了我的面具，忍不住一陣顫抖，我早早起身站在洗澡間的門口偷望著他與池水搏鬥，從旁就能感受到他今晚呼吸的繁亂與憤怒，想必是發生了什麼事，想到這裡，他突然迅速爬上池邊朝我這裡走來，我本能性反應閃進空無一人的洗澡間，依著牆，我的心跳如脫韁野馬。

「我知道妳在裡面，夏桐。」他隔著一道牆說，我忍住呼吸。

「我想跟妳談談，我可以進去了嗎？」他說。

「不要。」

「裡面有別人嗎？」

「不要。」

「不要，還是沒有？」

「不要，不要。」我近乎發抖的說這句話，甚至不曉得為什麼我要這麼害怕。

「桐，我真的很想妳，這些日子我都在等妳的訊息，妳為什麼連一通簡訊都沒有給我，妳曾經說過的，在一起快樂不就好了嗎？我們之間不需要牽扯複雜的麻煩，這是我們的唯一承諾，不是，妳從來不需要承諾，也不需要互相了解太深，不是嗎？

這一切我都可以滿足妳呀，妳要的是自由愛情，現在為什麼要改變，而妳又為什麼要逃避我，沒有理由的呀。」

「沒有理由就是沒有理由，你不是說我們暫時不要見面嗎？這很明顯了啊，我們不要見面了。」

「桐，我需要妳。」

「夠了，不要再叫我桐，你以為你是誰。」

宸禕閃現在我面前，精壯的胸膛上佈滿豆粒般水滴，因為經常游泳而沒有一絲贅肉的身材，從鼻腔發出的深沉呼吸聲，他的眼神完全看住了我，如此銳利卻又脆弱得令人心疼。動也不動的我就像被黏在蜘蛛網上等待被享用的小蟲，在面對強大無可抗逆的力量時體內的慾望卻瞬間湧現，即將死去的小蟲是否也會有那種赴死的想望呢？在空無一人的洗澡間，我與他近乎赤裸相對，這感覺讓我羞恥卻又期待下一步。

「你從來都不需要任何人。」我垂死掙扎般的將雙手抵在他胸膛。

「妳說對了，我不需要任何人，因為我只會擁有此刻，妳要嗎？」

不等我的回答，他像遠古世紀的翼龍俯衝獵殺水魚般吻我，力量、慾望而且原始，我被他的吻所征服，再也不用說什麼風花雪月，我們的世界並不存在這種東西。

「妳要嗎？」他又再問我一次，像巨鉗般將我整個人帶進洗澡間。

「放開我……放開我……」我的聲音微弱，身體誠實地滲出汗水。

他快速地褪下我的泳衣，緊抱我浮空在他的腰間，恰到好處的力道讓我放棄抵抗，雙腿本能性的也將他緊緊夾住，龐大的熱情、野獸般的性慾碰觸了我的皺褶之間，幾乎算是破壞山脈海洋的力道填入我的體內，一陣又一陣痠麻。

有些男人在跟我做愛的時候，會在我耳邊用一些無聊的低吟令人倒盡胃口，但宸禕總是知道什麼時候該結束低吟，什麼時候該滿滿的跟我結合在一起，近乎奇蹟般的時機將我舉起後又溫柔的放下。最重要的是，他總讓我強烈感受到一種同是天涯淪落人的自暴自棄感，我們站在同一邊挑戰永遠沒有答案的地獄，但也同時失敗，然後我們互相撫摸傷口，就算這傷口是我們曾經狠狠給過彼此的。我濕涼的背不斷碰觸著冰冷的瓷磚壁，他一次又一次猛烈撞擊，每一次的撞擊都迫使我的靈魂向外逃出一些，於是，體內漸漸感覺到什麼被抽空所以飢餓般地更渴求他的填補，而且每一次的填補都幾乎令我感激的放聲大叫。他掐住讓我的腰間一陣疼痛接著顫抖釋放所有氣力，像筋疲力盡的海豚靠在我的肩膀上大口呼吸，同時他哭了。就在那幾秒鐘內，雖然他試圖隱藏但還是感覺到隱隱抽動的身體，男人在我懷裡哭已經不是新鮮事，但四十歲的男人躺在我肩上哭泣倒還是頭一遭，我暗暗地展顏而笑，同時，剛剛亢奮的心理以及生理也像退潮般悄悄獲得緩解，天空突然打開了一個大洞而且好像還能看見藍天似的。我轉開蓮蓬頭的水，讓溫暖的液體從天空灑下流淌在我們之間，嘩啦、嘩啦……

「怎麼了，宸？」我撫著他的頭髮，在髮尾部分已經毫不掩飾他的脆弱而紛紛露出霜白，好似這些年來他的疲憊都能夠讓我所擁有、所療癒，心中的空洞莫名有一種滿足感。當下我才驚覺這個事實，女人除了重視安全感之外也相當重視『被需要』，但是，有時候被需要卻是一種甜蜜的陷阱。

「這段日子裡坦白說我已經失去人生的意義了，我努力追尋的所有一切，都是在無可抗力的因素之下得到的，我根本無法拒絕，職稱、頭銜等等。我也不怕老實跟妳說，要不是她的家族在電視圈的勢力，我也不會有今天，一個半路出走的落魄代課老師，什麼都不是，什麼都不是……」

「她？是指你的太太嗎？」

躺在我懷中的他無力地點點頭。

「我只是個傀儡，公司內部的決策其實我根本沒有權力，調妳去別的組也不是我所決定的，我知道這樣會使妳受傷，可是……」

「既然知道，但你什麼都不做。」

他又更抱緊我一些些，溫熱的水像夏季時常有的大雨不停流瀉而下。「我無法做任何改變，這就是我的人生，已經被決定好了，救救我夏桐，我們就維持這樣到永遠好嗎？我很需要妳，無法接受妳離開，也無法接受妳跟別人在一起，愛上妳是一種罪，但我甘願背負這種罪，只要有妳陪在我的身邊，我就有活下去的勇氣。」

「不要說了。」我直接用吻封住他的唇，不是他說動了我，我本來也沒想過要逼他說什麼，只是突然有一種自虐感，如果情感像火山爆發，那此刻我會等在這裡被火山灰埋葬。體內空洞的聲響渴求著他，即便我的理性告訴我他所說的話都是自私，但我還是奮不顧身的往裡頭跳，我相信只有我才能滿足他，我相信他在我裡面的時候，我是最特別的那個。

他在我的身體裡時，我是最特別的那個。

我滑向他的肩膀張口咬下，現在的我恨不得將他撕碎吃進我的胃裡，他悶喊一聲將我轉過身，像狡猾的鰻魚再次溜進我的身體，我想像著那鰻魚，然後告訴自己：嘿，夏桐，這已經超越愛與不愛的範疇，就只是純粹彼此的身體互相吸引，就隨之沉溺吧。我體內的空洞像是某種地底精靈走進洞穴回到了幽黑的家，永遠不會再出來了。這個家如果不是宸禕或許沒有意義，不，本來就沒有什麼意義。對我們來說，以後能不能長久幸福地在一起的事情，就像狂風橫掃而過，雖然有可能造成相對性的傷害，但終究是要被遺忘的。

接下來的三天裡的每一天，我們就像按鈕被切到 ON 一樣的激烈做愛，每天下班後我們相約在東區的小套房，幾乎一碰面什麼話都不說就開始接吻脫衣服，連吃喝都免了，直接上床擁抱、做愛，沒有什麼前戲或技巧，沒什麼階段性的東西，直到筋疲力盡為止。有時候我覺得全身就要變成水，然後隨著地心引力流散進靈魂的縫隙之中。

「最近都沒有下雨。」

「現在外面是白天還是黑夜？」

「肚子好餓。」

「我想喝水。」

「我想要……」

「我也想要……」

我們的對話大概只有這樣吧，其他完全沒有印象，或者說就連有印象的部分想起來都好像是假的，只知道當時的世界離我好遙遠。在法國有位人類學者是這樣說的：做愛後動物性感傷，每一次結束後，我都感到相當孤單，好像被拋到百慕達三角洲那樣，身體變成完全的空，伸手就可以穿透，無論宸禕再怎麼抱我，無論室內多麼溫暖，強大無比的空虛仍然在我的全身流竄。這種感覺也在高潮的時候出現，無論對方怎麼緊抓著我，我都毫不在意，甚至對方是誰也無所謂，強烈的悲哀會像宇宙膨脹那樣無限展開，我則站在乖離過大的角度，被甩脫得遠遠的，久久才能回到正常軌道，但我非常清楚，這跟個人情感無關，而且，會上癮。

我心裡沒有妳。

我心裡也沒有你。

可是我們要永遠在一起。

你說的，永遠在一起。

對，永遠在一起。

您不要誤會，要我這麼坦白的說起這件事可是鼓足了很大的勇氣，真的不容易，我雖然不是衛道人士，但也不至於能在餐桌上以「這食物真是美味啊」那種心情說出口，而且您知道嗎，每次離開套房的時候，我都有種好像經歷古羅馬帝國從興盛到敗亡將近兩世紀的恍惚感。「啊，現在是什麼年代？」心裡都會有這種感覺，走起路來搖搖晃晃，有一次還差點被巷弄裡的 Mercedes Benz 給撞到。一個幾乎從外表就看得出來父母在市中心擁有許多房產的年輕男子走下車，戴著 NY 棒球帽的他先是一臉嫌惡，但後來看見我蒼白的臉就轉為和善，不，也不能算是和善，從他扶著我的方式就能感覺到他想要我的身體，他對我講些什麼我不清楚，只知道他牽引著我想把我帶進他的車內，我掙脫他朝自己的車奔去，但身體不自覺顫抖，不是害怕他這個人本身，而是害怕自己差點就想要隨他而去。我還能感受到宸禕在我體內留下的觸覺，空空的，並且渴望那觸覺，身體本能性的反應，或許那陌生男子可以給我那種觸覺，甚至開始想像鰻魚在陰道內蠕動的畫面，這是我的身體嗎？我感到害怕，但莫名純然的吸引力像滑坡一樣朝未知的方向溜去。

因為宸禕的關係我經常晚歸，但以前因為加班的緣故父母也早已習慣，不過父親總是在陽台等門，運氣好的話回家時父親已經在沙發上呼呼大睡，我還能喘口氣；運氣不好時，尤其是父親醉茫茫在陽台抽著菸時，我則會被怒罵一頓，什麼難聽的話都有。電影裡的父母親等門總是如此溫馨，但是換到我這邊卻總是十足的壓迫。今晚就是運氣特別差的一天，隱瞞許久的紅寶貝被父親發現了，因為從宸禕那邊直接回家都還沒完全回過神，本來我都會特地繞開家門前的路口特地把車停得比較遠，再慢慢走到家門口，但這次我卻直接停在樓下，完全沒有留意到父親還在陽台等門這回事，如果世界上令人失望的事有分等級，那父親等門這件事在我生命中則會排在最高等級。
「妳為什麼有那輛車子？」滿身酒氣的父親問我。我還沒意會到發生什麼事了。
「你在說什麼？」
「妳買得起那輛車嗎？買得起嗎？」
「你到底在說些什麼？」
我們的談話永遠沒有交集，但我說出這句話後好像又點燃了父親的炸藥。
「每天都這麼晚回來，到底都在外面衝啥，一個女孩子天天都在外面亂跑。」他雙手用力攻擊客廳的矮桌，好像跟桌子有仇似的，砰的一聲把我拉回現實，這時候我才知道發生什麼事。
「這麼晚了還不睡。」一臉驚恐的母親站在房門旁。
「沒妳的代誌啦，女兒跟老母攏同款，妳也不會教一下妳的女兒，整天在家裡裝那副苦瓜臉，動不動就往外面跑，安怎，是誰欠妳錢啊，誰對不起妳啊？兒子也一樣，現在在外面是活著還是死掉了都不知道，妳女兒隨隨便便搞一台車回來，不曉得是從哪裡弄來的，攏是妳啦，撩連，悲哀……」滿嘴檳榔渣的父親喊得額頭都冒汗了，我甚至擔心他的肺會不會吐出來，到底是怎樣的心情總是能讓年近六十歲的男人如此激動，我不明白。如果親情是這種樣子，我真的寧願從未出生過，他們或許會過得比較好一些吧。

「車，什麼車？」母親轉過來問我。

我覺得整個情況再這樣下去我一定會失控，我快步走進房間，將門砰的一聲用力鎖上。

「講妳幾句就這個樣子，啥米款，妳看不起妳老爸是不是，還是什麼事情妳不敢讓人家知道，車子是不是外面男人給妳的，妳就這麼賤，生妳這個女兒出來不是讓妳去賣身體的。」父親走到我房門前又踹又喊。

「哎唷，有車子是又怎麼樣啦，有必要講這麼難聽嗎。」母親無力的抗議。

「攏細妳啦，可憐，一個女兒教成這個樣子，長這麼大了，男友也沒有固定交過一個，整天就在演藝圈裡頭混，妳看啦，現在呢，開了一台車回來，了不起了啊，很厲害了啊，不知道用什麼去跟人家交換的。」

身體?!我已經按捺不住了，打開門我就直直瞪著父親。

「對，你說對了，現在我就在跟一個老闆交往，我幾乎每個晚上都去他家跟他睡覺，他對我很好，雖然他大我十幾歲，但他對我很好，不會像你這個樣子，車子就是他送給我的，怎麼樣，你曾經給過我什麼嗎？人家至少疼我，你呢，整天只會喝酒抱怨，家裡的事你有在關心嗎？少說大話了，你根本只在乎你自己。」

「好了，少說兩句。」母親夾在中間，一樣的無奈，父親佈滿血絲的雙眼好像幾乎就要流出血來。

「媽，妳進去，我已經受夠了。對啦，被你猜對了，我就是用身體去換車的，現在每天在外面跑至少比回家來得強，至少比每天都看到你這個爛人強。」

啪！眼前的醉漢摑了我一巴掌，雖然力道不是很大，小時候我也曾經被打過，我哥哥被打得更慘，但是我眼前突然白光閃現，理智瀕臨崩潰，這一摑，三個人都沉默下來，槍上了膛，情緒就必須找到出口，事情總是這麼一回事。我大叫並不是因為我失控，只是想通了，花瓶被我捧起來用力砸向地板，頓時發出清亮又悲哀的聲響，但我的眼睛仍可以像電影慢動作般看著花瓶破碎，同時宣告我們之間的關係不治。他們都被嚇傻了，我可沒有，我知道我自己在幹嘛，這次我決定再也不要回來了。我回房間抓起肩包就往外走，父親就像八點檔電視劇裡的頑固老人一樣大叫：「妳永遠就不要回來。」真好笑，這種在螢光幕裡什麼花的劇情竟然也會發生在我的身上，母親總是說爸爸是為妳好是愛妳的，但我想要反問，如果因為愛而導致仇恨，那愛又有什麼用？在闔上大門的那一刻，我望向母親，試圖尋找我的盟友，可是她的視線則貼在地板看著那永遠恢復不了原樣的碎片，總是逆來順受的母親，就連女兒要離開了也不敢向父親吭一聲，女人辛苦維特著這種扭曲家庭的意義何在？我不懂，如果父親直接叫母親去死，她是否也會點點頭，好的我現在馬上就去，然後慷慨赴死呢？我想起小時候母親因為半夜胃痛卻不敢吵醒正呼呼大睡的父親，逕自開車去急診室，這件事我到現在還無法諒解，誰來告訴我婚姻到底算是什麼？

我像逃難似的坐進車內，雖然發動引擎但我卻不曉得該往哪裡去，今晚風吹得有點強，塑膠袋被吹到高空中迴旋著感覺悽慘無比，剛剛電視裡的新聞節目正在發佈颱風警報，我想像那巨大的颱風眼在花蓮東南方的海面上，一面吸收著水氣一面像邪惡的神明向我露出詭異笑容，簡直就像摩天輪那隻命運之眼，當這邪惡的颱風眼遇上那命運之眼時會發生什麼事呢？我還能裝作若無其事在狂風暴雨中的停車場望著對面的命運之眼搖搖晃晃嗎？光是想像我就害怕得不得了，就像全身赤裸裸的被那合體的雙眼看透，這幾個月以來接連發生的事讓我措手不及，Kuma 離開，宸禕進來，生活搞得一團糟，現在換我離開家，顫抖著雙手將快要沒電的手機拿出來，這個時候還能求助誰呢？為什麼最需要幫助的時候，手機卻沒有任何一通簡訊？懊惱，雖然可以去住旅館，但想到一個剛激烈做愛後，雙腿發軟、全身痠痛又無家可歸的女孩單獨去住旅館，就覺得寂寞得想要自殺。人有時候就是會被氛圍控制而不能控制氛圍，之前 Kuma 跟我討論過這件事，他說有個人類學家把這種感覺稱之為：「做愛後動物性感傷」，生理學所界定性高潮後可能會有一種呼吸停止的狀態，心靈也因此會有一段時間感到空虛。

我滑動螢幕裡的聯絡名單到出神，其實我有想到米雅和林琪，可是我沒有林琪的電話，米雅跟她的父母住在一起所以不方便，況且我也不想去投靠她，這種時候就覺得自己的人際關係真是差到極點。好吧，我閉上眼決定隨意停在某一個點，就這樣點中了威凱的號碼。

05

夏桐日記：離開從來都不會痛，最痛的都是猶豫。

您問威凱和我的關係嗎？好的，我想也是該談一談威凱的時候了，那晚我的確去找他，而且打破了我從不在男人家過夜的戒令，不過嚴格來說，國中就曾經發生過一件事，讓我和他不得不在外面待到隔天早晨，就連初吻也給了他，現在想起來還真覺得有點莫名其妙，不過我並不重視那種東西，反正剛好提到，那就來談談威凱、米雅和我曾經發生過的一些事情。在那個還沒被網路綁架的國中時期，課堂裡我們用皺皺的紙條傳遞八卦，課堂外則是利用寫信來表達情感，要說懷念還真的有些懷念，因為有什麼紙條傳過來或是收到信，我們都會興奮很久，比起現在隨時有上千萬的訊息在流動，但卻沒有人在聆聽的年代好得多，當然，每個年代都有每個年代的優缺點。

威凱，他是個能言善道的男生，長相算是帥氣，但也不是那種會讓女孩一瞬間失去語言的絕頂俊美，如果在我心裡有個滿分是一百的標準計，那他大概是69.5分這個位置吧，他在我們這個資優班受歡迎的程度平平，當然，如果大部分成績好的優等女孩也喜歡他的話，我想程度會大幅上揚，畢竟以成績來區分世界總是容易得多，不幸地，威凱在她們眼中是劣等男孩，像散發出香味的咖啡渣。

「夏桐，我想問妳一些問題，晚自習的時候我們在操場旁那大榕樹下等好嗎？」

「什麼問題不能現在問嗎？」

看米雅堅持得都快流下眼淚，我也不好意思拒絕她，她對任何事都是小題大作。晚自習時，米雅先是走到我身旁敲敲我的桌緣，用曖昧的眼神朝我點點頭，最後才走出教室，我對她這樣一連串的動作感到嘖嘖稱奇。

「夏桐，有些事我想請問妳一下。」

她揪著那燙得整齊的百褶裙，裙底下一雙雪白的襪子在月夜中反射光亮，深呼吸就能聞到她全身散發的香氣。我心想她真不愧是一個名門千金，從頭到腳彷彿都被照顧得很服貼。

「怎麼了？」跟她相較起來我說話粗魯許多，這令我瞬間感到有些自卑。

「這件事，有點難對別人啟齒。」

「可是，我看妳很想說吧。」

我將雙腿交叉坐在台階上，看著緊張兮兮的米雅，我又有點不好意思所以將雙腿放直了。

「我問一下，妳不要介意，我是說……我想問的是，妳跟威凱在一起多久了？」

「什麼?!」我大喊一聲，從台階跳了起來。「是誰跟妳說這件事的？」

「班上大部分的女孩都知道啊，大家都在傳啊。」

「我根本就沒有跟那傢伙交往，這件事太扯了，妳沒看見我們常常互相吵來吵去的嗎？」

「是嗎，原來如此。」

米雅一副心事了然的模樣，甚至露出淺淺的微笑。

「所以，妳想要問的事只有這個？」

「也沒有啦，就好奇。對了，妳不是住我家附近嗎，怎麼我從來沒有看過妳呢？」

「喂，妳心裡有鬼是不是，幹嘛顧左右而言他啊？」

「也沒有啦，就只是想問問。走吧，我們回去吧。」

「妳是不是喜歡威凱啊？是就說啊。」

「哎唷，哪有，我只是對他有點好奇而已。」

我在心裡暗自竊笑，一時之間我全都明白了。關於威凱與我之間的事，我其實心裡有底，因為全班女生看起來只有我跟威凱相處得最好，我也不知道為什麼會跟威凱湊在一塊，喔，好像是因為某次考試卷交換批改時我們有些小衝突，所以不打不相識吧。後來我們就常常互相拌嘴，我還滿討厭他那動不動就損人的嘴巴，恨不得想把石頭硬塞進去，他也常常想拿石頭砸死我，雖然如此，不知情的大家還是覺得我們相處得很好，所以她們懷疑我們在交往，我並不能算驚訝，而令我恍然大悟的是米雅喜歡威凱這件事，這樣一來，優等女孩的世界裡米雅算是特別異常了，所以說，她暗地喜歡著威凱，可是礙於面子關係，她又不敢讓優等女孩們知道，陰錯陽差，她轉而求助於我這個成績平平又剛好是她鄰居的普通女孩。我必須承認，我從小就喜歡看好戲，所以一時之間感到有些興奮，我極力按捺雀躍的心情。

「喜歡就喜歡嘛，害羞什麼呀。」

「哪有呀，妳不要亂想啦，我怎麼可能喜歡他。」

「是喔。」我將眼神轉向別處。「這樣想想，威凱的確是長得還算不錯了，雖然成績差了一點，但還算是滿能夠討女孩子開心的啦，妳會喜歡他也不意外啦。」

「夏桐妳不要再亂說了啦，好啦，我承認是有那麼一點點，百分之一的喜歡，不是妳所想的那樣，我只是想從妳這邊打聽他的事情而已。沒有別的意思，妳應該滿了解他的吧。」

「一點也不了解，我們只是愛吵嘴而已，我超討厭他的。」我覺得有點不妥。「喔，不，我不是指真的討厭，他只要嘴巴不要這麼賤的話都很好呀，笑起來也挺好看的。」

「我不曉得他的人怎麼樣，雖然他的功課不好，但是我聽說他自己有在寫詩，感覺好像有一種氣質。跟妳說喔，他就是全校最帥的理化老師的獨生子呀。」我們班的理化老師是全校公認的不老型男，常常有很多校內、校外的女學生送情書給他。

「真的假的，我怎麼都不知道。」

「原來妳都不知道呀，我還以為妳跟他很熟呢。」米雅突然訕笑一聲，這有點惹毛我。

「喔，這樣呀，那就祝妳能戀愛成功啦。」

「什麼戀愛不戀愛的，說得太誇張了。」她突然撒嬌似的笑了一聲。「喔，對了，我都差點忘了今天找妳出來的原因，妳知道威凱跟隔壁班的陳佩佩是什麼關係嗎？」

「我怎麼會知道。」

「是喔，那妳有空就幫我問問他們的關係好嗎？上次我在學校外面的書店看見他們兩個很親密的走在一起，不曉得威凱是不是有喜歡她？」

我想笑卻又感到無奈，剛剛才在問我們有沒有交往，現在又懷疑另一個女生，她想利用我卻又如此光明磊落毫不覺得害臊。不愧是以為全世界都繞著她們轉的優等女孩。

「問是可以問，但是如果威凱喜歡她呢？」

「應該是不會吧，陳佩佩又沒有長得多漂亮，而且還是B段班的，只是想再多確認一下而已。其實跟妳說這個也是因為我覺得威凱一直在注意我，上次體育課的時候，我就一直覺得威凱在盯著我瞧，然後轉身去瞄他，真的發現到他在看我，而且他主動對我笑，下課的時候還很熱心的幫我抬東西，很奇怪，不知道他到底想幹嘛。」

「喔，那乾脆我直接幫妳跟威凱說妳喜歡他不就好了。」

「不行，不行啦。哪有這樣的，太便宜他了吧，如果女生追男生的話，男生以後就不會珍惜女生了，這是定律，妳難道不知道嗎？再怎麼樣也要讓他跟我告白呀。」

「喔。」如果我現在吃飯的話，一定會噴得她滿臉，優等女孩這種莫名其妙的自信大概在胚胎時就有了吧。

「好吧，既然已經說開，那我就告訴妳吧，其實我已經寫了一封信想要從妳這邊交給他，就只差妳這一步，如果妳能幫我問問他跟陳佩佩的關係，讓我再更確定以後，就可以給他信了。」

「什麼信？妳要告白嗎？」

「當然不是啊。」米雅的眼神中充滿希望。「只是還是要給他個機會呀。」

我傻了幾秒鐘。「好吧，既然妳都這麼說了，我會幫妳問。」

「太好了，謝謝妳，夏桐。其實我早知道妳是個很好的女孩，雖然妳常常獨來獨往，但我一看就知道妳是個好女孩。」她一邊說一邊拉拉我的手，我想擺脫卻又不好意思拒絕，只好杵在那邊看她自顧自的高興。

「記得下星期跟我說喔。」最後她還補了這一句話。

我壓根兒就不想幫米雅，也不會去問威凱這種蠢問題，我只想要看到當米雅的信交到威凱手上後被拒絕的窘狀，這就夠讓我興奮了。威凱這種人根本不可能會喜歡米雅，其他人我不知道，但要是米雅的話，我比任何人都還要有把握，她們優等女孩那種不自覺的驕傲令人作嘔，跟她們談話時心靈如果不稍微堅強點，很容易就會受傷害。國二能力分班會考就是一個例子，資優班名單出爐後，知道成績已經穩妥的優等女孩就會假惺惺地去安慰未來會被分到B段班而且正處於失落狀態的某些女孩，怎麼可能，妳的成績一直都很好呀，看錯了吧。喔不，明年我還想跟妳同班呢，真是太糟糕了。導致某幾個即將要被踢出資優班的女孩崩潰甚至哭了出來，反觀男生那邊就鮮少有這種事發生，女人之間的戰爭從小就開始了。

台北縣金山的海邊旅館，莫名其妙的我就跟著威凱來到這，還錯過了最後一班回台北的國光客運，我打公共電話回家，當然，十五歲的我做這種事在我爸眼中簡直等同於犯下殺人案的行為，父親怒罵了我一頓，讓我罰站在公共電話前將近一個小時，直到電話卡發出嗶嗶兩聲跳出來，整個晚上我都害怕父親會不會把金山翻過來找我（後來事實證明他們更在意正在準備大學聯考的哥哥）。照常理來說，一個剛滿十六歲的少年以及一個十五歲半的少女是不可能住旅館的，至少都要檢查證件，但總是會有某些旅館是貪心的，威凱就憑他三寸不爛之舌以及雙倍房費逗得單身獨居的旅館老主人想拒絕也拒絕不了，我想我是從那個時候開始發現威凱那種表裡不一的複雜個性。

「喂，你還不讀信，我已經幫你這個忙，陪你到金山這個鳥不生蛋的地方找你媽媽，找不到不是我的錯喔，現在我任務完成了，你也該讀一讀信了吧，我已經好人做到底了。」

房間裡幸好是兩張單人床，他坐在另一張單人床上大笑。

「笑屁啊。」

「夏桐，我說妳還真不像女生啊，要是一般女孩早就驚慌失措哭出來了，米雅要是在這裡一定會大哭吧。」

「我像不像女生也不關你的事，你到底讀不讀？」

「與其讀信，倒不如想想回去要怎麼跟老爸老媽解釋，喔不，只有妳有老媽，我沒有。」威凱又笑起來，其實他笑起來是好看的。

「少開無聊的玩笑了。」

「所以妳不用跟妳爸媽解釋嗎，就像我一樣，哈哈，我爸根本不管我死活的。」

「哪有，你沒看我剛剛在樓下電話旁邊被罵多慘。」

威凱向後一躺，頓時房間有點安靜，似乎還能夠聽得見海浪的聲音，海風吹得老舊窗門喀啦喀啦響，內心突然有一種鈍重感，那是什麼我不太清楚，現在想起來，也許是第一次嚐到了寂寞滋味。

「嘿，這樣也不錯吧，雖然是被迫的，人生常常都是這樣，像我就是，被迫接受任何事情，知道為什麼是找妳來金山，而不是找別人嗎？」

「為什麼？」

「因為我一看到妳就知道妳無法自拔的愛上我，所以不得不賜給妳一個絕佳的機會。」

「去死啦，喜歡你的是那個高貴千金米雅，不是我，被卡車撞到才會喜歡你這種人。」我拿起枕頭毫不留情砸過去。威凱尖叫一聲。

「好痛！力氣真的很大耶，妳要不要考慮加入女子鉛球隊呀，為人生增添色彩。」

這次床頭櫃的檯燈被我舉起來，威凱連忙求饒。

「好好好，講正經的啦。」他說，然後翻身側對著我，眼神放在窗門，好像在那邊有懸掛什麼心事似的。

「我覺得我們是同個世界的人，這是真的喔，我一看就知道了。」

「不是同個世界不然是什麼世界，難道我是月球人嗎？」

「妳很沒耐性耶，這樣怎麼會有男生喜歡妳呀。」
「這倒不用您這位老伯擔心。」
「好啦，不跟妳吵了。」威凱又躺回去。「跟妳說個秘密。」
「我爸媽在我很小的時候就離婚了，現在我的母親是繼母，才大我十歲，至於繼母我就懶得說了，簡單而言就是一個裝飾用的花瓶，整天只會逛街買東西，反正我爸錢多不怕她花，而且我爸也從不缺女人，常常都帶不同的女人去開房間，這我都知道喔，我想繼母她也知道，只是怕沒經濟來源所以忍住不說吧，他們只是形式上的婚姻而已。」
我默默看著威凱，一時找不到適當的話語，看起來溫文儒雅的理化老師竟然是花花公子，這世界上真的充滿各式各樣的人呀。
「我媽是金山人，小時候常常被我媽帶過來這邊玩水、吃地瓜，離婚後過了幾個月，我媽竟然在外木山游泳時溺斃，嘿，妳不覺得太荒謬了嗎？她可是從小到大都在外木山游泳、撿海星玩什麼的，附近海岸礁石起了什麼變化她都能一清二楚喔，竟然就這樣死了，妳說，人生是不是真的很荒謬。」

我嚇了一跳，哪裡還敢回什麼話，盤著腿坐在床上的我只能默默的看著他。

「我媽去世以後，我爸就完全變了一個人，甚至葬禮的時候他都沒有去參加喔，雖然是前妻，已經沒有法律上的義務，但也不至於一點感情也沒有吧，他只讓我帶白包去而已，被親人們罵到臭頭了，整個過程都只有我在那邊代表家屬答禮，鞠躬到我的背都疼了，後來他就開始帶不同的女人回家，我實在搞不懂我爸在想些什麼，然後繼母因為懷孕了，所以就很快的結婚了，結婚像是到菜市場買菜一樣。關於這個妳怎麼想？」

「關於什麼？」我突然回過神來。

「當然是我爸的變化啊，喂，妳都沒在聽我說話耶，可惡。」他起身走到他的背包拿出米雅的信。「好啦，反正妳就是想要我讀信，其他什麼的妳都不在乎對吧，好，我現在就把信燒了，一了百了。」

「喂，別這樣啦，我只是有點恍神，畢竟是這麼嚴肅的問題啊，你發什麼神經啊。」

「反正信是我的了，我愛做什麼就做什麼。」他拿起火柴並把窗戶打開。

我心想不妙，這樣一來，想要看見米雅被拒絕的畫面就看不到了，我趕緊起身去阻止他，不管怎樣我也想讀一讀米雅那封愚蠢的信，但好死不死絆到腳，整個身體往前傾撲倒在他身上，他接住我，這是第一次如此靠近一個男生，我抓著他的手臂，心跳猛烈的響著，這是活生生的男孩身體，跟抱著貓或狗完全不同，雖然同樣都是有溫度的動物，為什麼感覺卻完全的不同。

「我開玩笑的啦，這封信對妳意義這麼重大呀，妳整個是飛身搶救耶，哇塞。」他笑著說，順便化解了兩人抱在一起的尷尬，我們並肩望向窗外，沒想到整片海都被捕烏賊船給點亮，形成另一片獨特的星空。

「沒開窗還不曉得晚上的金山海邊這麼美。」他說。

我們就暫時這樣望著那片海上星空，今晚海風有點強，灌木叢發出顫抖聲響。

「我想，你爸爸一定很愛你媽媽，無法面對她死去的事實，所以才無法去參加葬禮。」

「那他帶回來的女人們又要怎麼解釋？」

「也許，是為了忘記那種疼痛吧，所以麻痺自己，其實他對那些女人們都沒有感覺的喔，這個我能想像得出來，因為言情小說都是在寫這種啊，高富帥的男人因為失去最愛的女人而放逐自己，最後一個沒什麼人愛的平凡女主角出現，兩個人一開始互相討厭，但後來不打不相識還奇妙的漸漸接受對方，中間一定會有相當不得了的完美女人進來插一腳，畢竟三角戀比較有張力，但他們最後還是排除萬難，可惜了完美女人，永浴愛河醜小鴨。」

「哈哈，描述得很生動呀，妙！」威凱拍掌大笑。「可是我就是不喜歡這種結局，結局還是要有遺憾才完美，要是我以後寫小說，一定不會寫這種結局。」

「圓滿結局，這是大家都喜歡的啊，那你就準備等著賣不出去吧。」

「我天生反骨，賣不出去就算了，反正一定要讓所有人都分開才對味。孤獨也是一種圓滿。」

「孤獨也是一種圓滿。」我重複他的話。

多年後的現在，我也常常想起他說的這句話。

「燒了吧。」

「啊！」

我尖叫一聲，但已經來不及阻止他了，他以迅雷不及掩耳的速度點起火柴，火焰吞噬信紙的速度也極快，瞬間只剩零星的火花殘骸被風捲到夜空當中消失，我們都愣愣的看著那夜空一陣子。

「也好。人生本來就沒什麼可以留下的。」雖然無奈，但我有種鬆了口氣的感覺。

「就說我們是同個世界的人吧。」他微笑著說。

接下來發生的事情您一定知道了，我們接吻，但實際上到底為什麼接吻我不太記得了，好像很自然就發生了，大概是那種就算不接吻也很自然，所以接吻同樣很自然的情況吧。回到學校後，威凱對米雅的態度越來越冷淡，當然，按照米雅的高傲姿態自然也無法主動去接近威凱，所以最後她怪罪在我身上，米雅懷疑我根本沒把信拿給威凱，而且嚴重質疑我是不是在威凱面前說了什麼壞話，她聽說（又是聽說）別人有聽見我跟威凱在討論她的事情，所以她認為我是嫉妒，我很生氣，但也懶得去解釋，難道要說我們在旅館裡聊天，然後威凱就把那封信給燒掉了嗎？我不認為這是個好方法，所以索性兩頭都不理會，大家搞得不歡而散，威凱後來考到偏遠的工業職校，米雅理所當然的考上第一志願，我則是進入一家平凡的私立女子高校，各奔東西，這段還沒開始就結束的戀情也秘密的劃下句點。

但我知道米雅一直沒有忘記威凱，兩年前，當米雅知道威凱與林琪交往時，她簡直就崩潰了，好像人生完全毀了那樣，剛好在那個時候 Steve 出現在米雅脆弱的生命中，我想，大概是從那時候開始，分手後的威凱成為米雅心中的唯一希望和慰藉，所以她才會不計一切代價抓住 Steve 來填補，當然，也可能是我胡思亂想，您大可以看看就好，不過我是相信自己的直覺。

OK，講完過去的事之後我終於可以回來了，那晚去找他的時候，他正焦頭爛額沉沒在第三本小說的創作當中，他坐回書桌前連看都不看我一下就很自然的問我問題，在這之前我們將近兩年都沒見過面了，但一切卻是這麼自然，像是「如果姐姐死去，而妳卻剛巧愛上姐姐的前男友，妳會怎麼做？」，或是「如果妳傷害一個深愛妳但妳卻不愛她的男生後，妳還會試圖去修復之前的關係嗎？還是會逃避？」，甚至是人與人之間會相遇的原因是什麼這種大哉問。看著他一頭亂髮、疲憊的身軀時，我也不好意思說：老娘今天就是心情不好才來找你，卻還要動腦替你解決問題。所以，也只好見招拆招，不過討論到最後我實在不行了，好像沒有一個終點，我建議聊聊小說以外的東西，威凱也同意了。

「妳不是認識林琪嗎？妳覺得她是怎麼樣的一個女人？」他問我。

「我跟她不是很熟，她有跟我說過你們之間的事情了。」我側躺背對著他。

「喔，是嗎？」他一點也不訝異。我倒是很驚訝。

喀噠……喀噠……火車聲從左耳進來右耳出去。我們暫時沉默一會兒，好像互相在給對方一些時間來消化這件事。

他住在市郊舊式社區內的二、三樓，底下就是火車路線經過的高架橋，時常就會有火車經過所傳上來的聲音，去年來的時候還不是很習慣，不過今天卻有一種懷念的感覺。一年了，放在書桌旁的吉他上又多了幾道女孩子的簽名，是花名冊吧，我是第三個簽的，怎麼會做這種事呢？我想，那時他還沒出書（時間大概是剛跟林琪分手），所以似乎也不讀書，現在桌上滿滿的小說和詩集擠在一起，至於為什麼要挑有火車經過的地方住？他說，這樣會有像住在東京的感覺。住東京又怎樣？我問，有作家的孤離感，他說。我翻白眼給他。

「那妳覺得呢？關於我和林琪之間，我想聽聽妳的意見。」

「你們兩個都問我意見，那我要問誰意見？」

「真的嗎？好有趣，林琪這種無性繁殖的女人竟也會問別人意見？」

「無性繁殖？」

「因為她做什麼都可以靠自己呀。」

我差點笑出來，但忍住。

「說說妳的意見吧。夜很長。」

他雙臂伸過來環抱住我，體溫將我的背部烘暖，我也不由自主的向他靠攏。

「不像樣的不倫關係。」

「啊？什麼？」

「反正，你們已經從像樣的不倫關係跳到不像樣的不倫關係了，我今天好累，懶得解釋了。」

「像樣、不像樣，有意思。」抱著我的雙手因為在思考些什麼而有點猶豫。

「原來如此！」他突然有點興奮，頭腦上空浮現一顆燈泡。「我大概懂妳說的，我們的關係已經經歷過太多階段，從一夜情開始，朋友、情人，最後分手變成前男友的我，現在又轉變成情夫，就是因為我們都沒有任何一個人願意想些辦法步入婚姻，我們覺得對彼此而言婚姻是髒的、承諾是髒的，我們刻意的維持自以為是的潔淨，但其實卻一步一步弄髒彼此，然後，分手最後又再偷情，感情已經被燃燒殆盡，只剩下人類本能的性慾。嘿，妳是不是看過《無愛繁殖》這本小說啊？」

「什麼無愛繁殖，沒看過。」原本昏昏欲睡的腦袋也被迫轉動起來。

「是一本描寫愛無能的法國小說，性愛原本是動物繁殖的一個重要本能，因為性解放的時代來臨後，人們耽溺於性，雜交、濫交越來越廣泛，性的意義消失，使得愛產生一種巨大空洞，就稱為愛無能，就像妳所說的最後階段，不像樣的不倫關係。」

「有點複雜，不過也許就像你所說的吧，愛無能，我在第一個階段就漸漸將內心的愛掏空而不自覺，唉，愛情像是全世界的人共同譜出的謊言。」

「不，我想愛情本身不是謊言，以愛之名進行強取豪奪才是最大謊言，至少，我們了解正常男女關係的脆弱，了解自我本身的脆弱，因此愛才會有真實與自由。」

我點點頭不說話，他好像越來越亢奮，像個小孩子似的。

「嘿，妳那句話借我用，搞不好我會寫進小說裡。」

「請便。不過不要把我也寫進去，拜託，我可不想看見像我的女生出現在小說裡。」威凱開口閉口都是小說令我不禁感到莞爾，而更令我心折的是他剛剛所說的：以愛之名進行強取豪奪才是最大的謊言，他真的變成還滿有魅力的男人。

「為什麼？」

「沒為什麼，只是從小被當玩偶玩弄到大，不想再被什麼東西給操縱而已。」

「妳想要完全的自由嗎？」

「誰妄想這種事？我覺得完全的自由只有兩個瞬間。」

「說來聽聽。」

「對我來說，那是做愛高潮的瞬間，另一個就是死亡的瞬間，其他哪裡來的完全自由？」

我想起Kuma和宸禕，他們都曾給過我完全的自由，機場的離別到了高峰，三天彷彿無止盡的性愛也到達頂點，我認為的自由將要降臨，結果卻是讓宸禕抓住我脆弱的一面，而Kuma則帶走了我心頭鎖的鑰匙。

「三島由紀夫好像也說過類似的話。」他吻了吻我的後頸，鬍碴搔得我有些癢。「不過我覺得，自由就像不斷膨脹的宇宙，我們不斷的靠近自由，但其實，超過自由後就只能追尋下一次的自由，沒有盡頭。」

「嗯，沒有盡頭。」我說。

「雖然這麼久不見，但跟妳在一起總會讓我有很多靈感。」

「不敢，不敢跟大美女林琪比。」

「嘿，我們之間不存在比較的，林琪可能有好幾個，可是全世界的夏桐只有一個。」

「你的把妹範本裡這句話用太多次了，該更新。」說完我們大笑。

這雙曾經抱過林琪的手，曾經抱過許多女孩的手現在屬於我，不知道為什麼，撫摸過許多女孩身體的雙手讓我有安全感，換句話說，如果這雙手這輩子只撫摸過我的身體，我想我一定會感到害怕或窒息，我瞥了瞥吉他，小小的簽名正安全的躲在眾多女孩簽名之間，我想躲在裡面，永遠躲著，如果有個地方能按照約定時間收留我、療癒我，那又有什麼好抱怨的，又有什麼好留到海枯石爛的。他的鼻尖在我的內衣背扣附近像小狗般嗅了嗅，隨即解開內衣的背扣。

「今天我很累。」

「我知道，我知道喔，妳的身體像被雨淋濕的小貓。」威凱抱得越來越緊……越來越緊……然後鬆開了手。

早晨被火車經過的聲音驚醒，威凱已經不在身邊，淡藍色的光從落地窗照射進來，時間大概還非常早，還不到緊張要去上班的程度，抱著被單突然覺得胸口空空的，發現內衣放在一旁的沙發上。真奇怪，他是怎麼脫掉內衣的？簡直就像高難度的掙脫術。我起身看著全身鏡反射著一頭亂髮的自己，連妝都沒有卸，口紅像煞車痕般跑出嘴唇，整張臉就像被海風吹了一整晚似的感到腫脹。天啊，威凱昨晚看見這樣的我，不曉得他心裡有什麼想法。環視四周，牆上被貼滿電影海報，大部分都是名導演的作品，不然就是歐洲片還有一點點日本片，這個大概是王家衛，這個是阿莫多瓦的片，這個是奇士勞斯基還有是枝裕和。電影牆下整排小說，大部分是日系文學小說，還有許多小說因為桌子長度不夠而擺不進去就這樣隨意的疊著。這幾年他的改變真大，我們從來就不曾互相了解過，但又覺得非常了解對方，真奇怪。玻璃桌放著感覺有溫度的麥當勞紙袋，在那下方壓著紙條：

「桐桐，我必須趕早班火車去花蓮，桌上的早餐記得吃（不吃我揍扁妳），昨天妳答應我的事別失約。」

什麼桐桐，還有答應什麼天殺的鬼事？我怎麼一點也不記得，威凱又想耍我吧，我把紙條捏成一團丟進垃圾桶，走進廁所用力擠他的卸妝乳洗臉。奇怪，男生廁所裡怎麼會有卸妝乳？算了，有得用則用吧，我把這裡當自己家一樣隨手使用威凱的東西。吃鬆餅的時候看了看時間，離上班時間還有三個小時，車上有我的整套化妝用品以及衣服，不用擔心被公司的人懷疑昨晚沒回家睡，這是我的生存方式。嗶嗶，手機傳來一通簡訊。

「桐桐，就知道妳會把紙條丟掉，撿起來，妳答應我的事就在紙條背面呢。」

我環視四周，這傢伙是裝了針孔嗎？只好無奈的把紙條撿起來，我真的答應他什麼事情嗎？管他的，反正死不認帳為上策，我把紙條拿起來翻開來看，不看還好，一看差點把手指頭吃下去，上面只簡單寫著兩句對話。

我們結婚吧。威凱說。

好啊。桐桐說。

整理這幾天以來的思緒後寫進日記裡，才發現其實自己過得相當混亂，有一陣子會感覺到自己身上沾染著不同男人的氣味，自己的味道不斷地在消失當中。向來我自認為是一個活得磊落的女人，我不是任何人的主人，也不是任何人的奴隸，但實際上我又不排斥這樣的被掌控感，在被強而有力的手捕捉時，我覺得自然也能表達相同的誠實以及相同的自由，當然那個離完全的自由還是太遙遠了，但距離卻是令人舒服的。另一方面，我也知道這不可能完美的持續下去，過了一段時間，我想要掌控的慾望來臨時，事情又變得混亂而更甚以往。我根本不在乎威凱的玩笑，但令我佇足思考的是一種非常危險的想法，是一種有可能永遠都無法被證實的想法，那想法就是，跟威凱結婚有可能是結束那三種關係的唯一解答，快刀斬亂麻，對，就是那樣的感覺，有可能會使我解脫，當然，唉，也有可能使兩人都墜入地獄。不管如何，就算是地獄也比漸漸腐爛的生活要來得好，所以，相較宸禕以及Kuma，威凱都是最佳人選，這個想法我只寫在日記裡一次，也許是我太累了，腦袋裡幾個國家不斷相互攻打才產生的幻覺，但我知道那的確出現過。

星期天的下午，板橋巷子內的咖啡廳裡，米雅興沖沖的告訴我喜訊。

雖然打從心裡認為結婚後的她更要面對Steve在外面偷吃的恐懼，但我還是大失所望，為什麼呢？難道我心裡深處渴望這種東西嗎？不，我想不是的，我只是因為Steve這個人本身而失望，本來我還看得起他，因為他至少敢玩、敢任性的面對自我，身旁就算有一個乖巧的女友、有很多他自己口中說出的無法兌現的假承諾，但還是掩飾不掉他骨子裡的野性，當時的兩次劈腿都是他自己先開口承認然後道歉的，他無法隱瞞他心中的秘密，雖然傷透了女孩的心，但至少還算是個血性男子，這次Steve的求婚真的讓我有點看不起他，原來他也不過是個需要被體制母親懷抱的偽君子。

「妳看！」米雅喜孜孜地秀出她的身分證。「那天晚上他向我求婚，隔天我們就去戶政事務所辦了簡單手續。」

她好像忍很久似的把Steve買給她的Prada包裡的身分證配偶欄秀給我看，的確，

Steve 的中文名字已經印上去，這倒是我第一次看見他的中文名，人不怎麼樣，名字取得倒是好聽。「喔，那真是恭喜妳了。」我保持接近禮貌又平穩的笑容。可是卻好像聞到一股餿掉的味道令我不舒服。

「先不要跟別人說喔，我不打算公佈。」米雅將身分證圈在手心內，像保護一顆怕被別人偷走的鑽石。

「我能跟誰說啊，放心吧。」

「我知道妳值得信任啊，所以才第一個跟妳說。」米雅嬌滴滴就好像已經披上婚紗似的。

「喔。」我漫應著。值得信任？國中的時候懷疑我沒有拿信給威凱的又是誰？

「還有，妳那天說的那三種關係，我回去想了想還是覺得偏頗，那是不客觀的，大部分的關係還是都很正常呀，要是台灣每個男女都在那三種關係裡循環還得了，別再把那個東西放在妳的心中了，這樣會阻礙妳前進的腳步。女人啊，是被年齡追著跑的，妳也該好好找個人定下來了，畢竟，相處是需要時間的呀。」

「是啦，現在結婚了，講話都不一樣了，謝謝妳的提醒，我這個人固執得像隻鼈。」

本來我可以看淡這件事，不過最近因為與父親正式決裂，找房子還有搬家的事讓我非常煩悶，我沒有告訴任何人搬家的事，除了Kuma之外。其實第一個月Kuma還會常常傳簡訊給我，我在泰美爾，現在在波卡拉湖區，接下來要去奇旺騎大象進叢林，也要去ABC（Annapurna Base Camp）拍照等等，不過我一通都沒有回他，可能因為這樣斷了聯絡。後來搬家我傳了一通新家的住址給他，也許帶點愧疚吧，不過，那也使我後悔不已，我不應該再跟Kuma有什麼牽絆，那就像不該讓死刑犯的心中有了能夠活下去的絲毫希望，那會使他崩潰，而現在眼前的準新娘則讓我惱怒。

「好啦，妳不要每次都這麼容易生氣嘛，我也是為妳好啊。」她嘟著嘴攪動咖啡裡的冰塊，我看著她無時無刻在撒嬌的表情，為什麼我不能像她一樣呢？如果我像她一樣，或許人生會相當不同吧，爸爸光是看到我，氣是不是就消掉了一大半，男人看到我，是不是不會只充滿著想要我身體的慾望？我突然有點無力。

「唉，我沒生氣。」我嘆口氣。

「還有，我跟妳說一個秘密，妳知道威凱嗎？」

「知道啊，很久沒見，他怎麼了？」我想起上個星期夜晚被他擁抱的力道，喉嚨有點緊縮。

「我懷疑他跟林琪有不尋常的關係，林琪有跟妳說過什麼嗎？」

我背部有點發毛，想到林琪那天晚上的對話，我努力保持鎮定。

「沒有啊，什麼不尋常的關係啊？」

「我上次跟 Steve 去碧潭，結果遇到他們，時間已經這麼晚，他們兩個人就這樣悠閒的在湖畔邊散步，很不尋常吧，林琪該不會還跟威凱搞在一起吧。」

「會不會是看錯了。」我說。

「怎麼可能，別人我可能會看錯，他們兩個人我絕不會看錯。」她斬釘截鐵的說。

「妳都已經結婚了，就少管別人瓦上霜，難不成……」

「難不成什麼？」

「難不成……妳還在意威凱嗎？」

「哪有！」米雅差點就弄翻桌上的咖啡。「妳不要刻意模糊焦點啦。」

「好啦，妳冷靜點。」

我們都暫時沉默一陣子，男服務生過來替米雅加水，她說聲謝謝，男服務生一直盯著米雅直到水杯裡的水差點滿出來，米雅的確是少男殺手，而威凱則是隨時可以殺死米雅。

「我記得當初他們分手前就已經各玩各的了，分手後感覺就算到死也不會互相往來，兩人之間的感情已被磨損殆盡，現在應該不太可能湊在一塊。」

米雅不說話，好像在想些什麼，只拿起水杯啜了一口。

「而且，不管他們怎麼樣，妳是林琪老公的朋友，懷疑林琪也許有點不太恰當，我不是在責備妳，只是關係牽扯太多人了，妳能懷疑林琪然後去向她老公告密，這樣她也有理由懷疑妳是為了要讓他們分裂才會當告密者，或許能更進一步懷疑妳跟她老公有什麼，畢竟你們是認識很深的朋友對吧，這樣會不會妳自己也被拖下水。」

我並不是在勸退米雅，也不是要站在林琪那邊，甚至我還想提供一個讓米雅去告密的動機。

「我怎麼可能跟他，拜託。」米雅說。

「這我不曉得，但我知道你們不是常常單獨出去嗎？」

「我們是好朋友啊，他以前很照顧我。」米雅說。「而且，我又沒說我一定會去告密。我大概也知道這些關係牽扯太多人。」

「我也沒逼妳啦，只是把利害關係講了一下而已，反正最後會怎樣誰也不曉得，真相本來就很難被找出來，妳想講就去講啊，我只是覺得，妳好像沒把真正的問題看清楚。」對啊，想講就去講。

米雅托著腮沉思。「妳是指？」

「我剛剛問的問題。」

「妳說我在意威凱的事？」

我點點頭，這次輪到我沉默。她托著腮，在桌上玩弄那張已經在配偶欄印了名字的身分證。

「我結婚了啊。」

「又如何？」

米雅的眼神茫然，一看就知道對結婚充滿不安，不，是對 Steve 充滿不安。

「我這個人就是這樣啊，結婚了，已經是有家庭的人，就……就不會再去想別的男人了。」米雅口氣很遲疑，惹得我幾乎快要笑了，我死命忍住。

「妳的意思是，結婚了，就不能想別的男人？妳的 Steve 也不能想別的女人？妳知道這世界上有多少百分比的男人婚後想像著別的女人而自慰嗎？」我決定加強攻擊。

「真的假的，應該不多吧。」

「之前報紙都有分析啊，將近七成喔，年紀更輕一點的夫妻有將近九成呢，醒醒吧。」

「管他幾成，反正我又不會！妳還真了解這些事情啊。」

「我只是陳述事實。」我說，有些不耐煩。

接近傍晚，板橋這幾年的變化很大，有事沒事被冠上副都心的名號，房價不斷攀升，人口爆炸，生活品質也沒有比較好，大把鈔票都落入那些事先舉旗炒作的肥豬們，是不是副都心對我們這些原本就住在這的老百姓一點關係也沒有。老舊公寓頂樓巨幅廣告寫著「許我一個幸福的家」，一位整形過頭的過氣女明星低頭祈禱，除了假還是假。街道上，擁擠的人群在我們落地窗前來回穿梭，沒人在乎那廣告。我暫時不想說話，思緒如麻，我的堅持好像沒什麼意義了，其實信仰婚姻、建立家庭不是什麼錯誤，只是，我懷疑現今社會中，有多少人是真正建立家庭，又有多少人只是背負龐大的債務買了一個家、簽了一個婚約而已。

「我想了一下。應該是要祝福妳的，不好意思，畢竟妳剛新婚。」我深呼吸一口氣，並不是因為有愧疚，而是想早早結束這話題。

米雅的眼神向下垂，露出少見的成熟表情，臉龐的純真光彩消失，好像一瞬間長大。

「我沒有怪妳的意思，只是……」米雅頓了一下。「我無法原諒她。」

「誰？」

「林琪。」米雅用難得強硬的口氣說。「如果林琪真的跟威凱藕斷絲連，我絕對無法原諒她，她老公很愛她也總是讓著她，家世也很好，要不是林琪自己事業心太強，愛作怪，不然她可以不用工作，還嗆她老公說什麼在幾年內要買房，她老公也沒有異議，只說一句我支持妳而已，而且啊，林琪是業務常常在外面跑，我想她老公也知道一些她的風流事，只是不說破而已。有這樣的老公還不知足，她到底還要怎麼樣。」

「妳也知道太多了吧。」看米雅說得如此正氣凜然，我故意表現驚訝來壓抑爆笑的衝動。

「妳忘了我跟她老公是十幾年的老同事了嗎？」

「也是。」
米雅咬了幾下食指指甲望向窗外，我們之間一陣沉默。
「妳不覺得身體同時被好幾個男生碰，很噁心嗎？」
「那要看妳怎麼定義被碰，有些人的心靈和身體是分開來的。」
「所謂的性愛分離嗎？」米雅天真的問。
「也許吧。」
「妳也是嗎？」
我想了一下，刻意不想回答，關於這種東西我一點也不想跟米雅有太多討論。
「我覺得啊……」米雅握住水杯靠躺在沙發上。「越來越不認識妳了，夏桐，我以為妳跟 Kuma 會有很好的結果，其實妳跟他在一起是快樂的吧，我看得出來喔，如果愛是太陽，幾個月前的妳整個人就是閃閃發亮的，現在好像又躲到月球背後去了。」
「是嗎？」我保持淡定，不想再被米雅影響。

「妳別無精打采的嘛，為什麼不跟 Kuma 聯絡？他只是在尼泊爾又不是去火星，像我們家的 Steve 常常都在國外，我們也是每天都會通話，Kuma 是不錯的男生好好把握，還是，妳有更好的對象？」

「怎麼話題又回到我身上，我們可以不要討論這個嗎？」

「越排斥就代表越在意，不是嗎？」米雅說。

「是啊，就像妳排斥林琪和威凱的關係，如果林琪今天是跟別的外遇對象呢，妳還會這麼在意嗎？」

「夏桐，雖然妳知道我喜歡威凱，但那已經是很久以前的事了。」

「對我來說，Kuma 也是很久以前的事了，所以我們扯平，別再談這事了。」

「妳還是要誠實面對自己的感覺呀。」米雅當真不放棄。

這下我可忍不住了，深呼吸一口氣，我刻意壓低音量冷冷的說：

「那妳呢？我知道妳一直都喜歡著威凱，Steve 只是滿足妳父母的條件還有妳自己所定的條件，不然妳明知道死性難改，為什麼還依然結婚？如果 Steve 只是一名水泥工不是副機師，妳還會選擇跟他在一起嗎？說得這麼好聽，不過就是條件交換而已，如果真的要誠實，我勸妳現在就去找威凱吧。」

「才不是，我是真心愛 Steve，就算他不是副機師，我也會要跟他在一起，不是每個人都跟妳一樣的，不是的，才不是這樣……」

米雅剛開始怒氣沖沖的反駁，但到後面就很虛弱，最後幾句話都聽不太清楚，我怎麼覺得我比她還要更了解她自己。

「關於林琪的事，妳沒有證據就別亂想了，多想多痛苦的，好好經營妳的新婚吧，還有，這次我買單。」

我抓起帳單想要離開。

「Steve……Steve 已經三天沒有回我訊息了……」米雅低下頭的眼角冒出淚珠往下掉，就像玻璃杯表面無聲滑下的水滴。

我嘆了口氣，放下側背包坐到米雅的身邊，她很自然的將頭埋進我的肩窩，我倒還是真的第一次這樣安慰女生。我撫著她的頭，她的眼淚讓我的胸口濕熱，林琪某方面來說跟我很類似，但米雅所擁有的東西是我完全沒有的，先不論她是否被世俗矇蔽，至少她打從心底相信愛，儘管傷痕累累，她仍然相信愛。相信愛的人最後都會痊癒。這一刻，她不停地哭，全世界都會同情她，但我並不同情她，反而突然發現心口有一種被蠍咬的刺癢，好像米雅全身長滿了刺正在戳著我，那是一種不相容的情結。與其說我嫉妒林琪，倒不如說是同病相憐，與其說我瞧不起米雅，倒不如說我是真的嫉妒她。越排斥就越在意，這句話一直不斷湧現在我的腦海裡，她傷心落淚，但卻散發出堅強的生命力，我嫉妒著米雅，米雅嫉妒著林琪，女人與女人之間跳不出的圈圈，但由於嫉妒著米雅，更能夠看見她走在叉開的人生道路，她越來越遠……越來越渺小，直到變成一個小點。

06

夏桐日記：除了誠實之外，我們之間什麼都不必害怕。

新租的套房在土城市裕民路巷子內的一處舊國宅裡，雖然不是我理想中的房子，但至少乾淨，周邊機能也算方便，重點是價格能夠負擔，是房東因為捷運開通後迅速累積財富而買下的第三間套房。他們夫婦倆在新店半山腰還擁有一間能夠俯瞰台北夜景的房子，沒有小孩，所以生活無虞的他們只求愛乾淨的女生入住，其他一切好談，之前剛搬走的也是女生，接替的我正巧是他們理想中的人選，這算是最近不停走霉運的我唯一 Lucky 吧。

喔，對了，還沒告訴您，自從上次跟威凱分開後我就決定離職了，在公司我已經是眼中釘、背上刺，三不五時就會有莫名其妙的工作給我，還沒來得及做完就糊裡糊塗的被罵一頓，接下來又陸續丟給我做不完的工作，有時候是製作海報看板，有時候是跑腿幫通告藝人買便當，甚至還幫忙誰繳水電費之類的，什麼雜事都做，有時候還拿不到錢，最終就是被罵而已。宸禕也管不著我，因為他已經不是我的直屬主管了，我試著跟他聯絡想跟他討論紅寶貝的事，雖然貸款已經還得差不多了，但以我的薪水要養這輛車也是辛苦，想要把車處理掉，但他一直避不見面，電話也不回，所以就先擱著吧，錢的事以後再說，畢竟我還是滿喜歡紅寶貝的，撐不住的話到時候再看看，雖然房東對於一個開著 Mini Cooper 來租房又租停車位的女生頗為訝異。離職後一個星期，帳戶內突然奇怪地多了一筆錢，數目雖然不大，但對我來說真像是及時雨，至少在我找到下一個工作之前還不用太擔心錢的問題，左想右想，大概就只有宸禕才會做的事情，不得已只好嘗試再聯絡他一次，我是個無時無刻都想要釐清責任的女人，終於，他接了電話。

「那筆錢是不是你匯進來的？」

「怎麼了？什麼錢？」

「我的銀行帳戶裡多了一筆錢啊，以前我的薪水是你管的，所以應該只有你知道我的帳戶。」

「喔，那件事啊，等一下，我等一下打給妳。」

電話喀的一聲掛了，沉默又降臨，宸褘刻意壓低聲音，像個懦弱的家禽，我看了一下時鐘，晚上九點二十三分，原來我忘了這個時間是不能打給他的，平日七點以前 available，假日全天 unavailable，available……unavailable……我生命的時間被擺渡在這兩個可笑的規則中，我也忘了我們的關係已經走入另一種境地，一股死亡的空曠味道飄散在我們倆之間，我聞得到，也只有我能聞到。我向後躺在床鋪上等電話，我喃喃地對自己說，不是我的錯，天花板角落盤踞著青色的霉，像某個星球瀕臨絕種的小生物靜悄悄偷渡到這裡居住繁殖，不是我的錯，桌面隨意躺著許多尚未整理的衣物，床邊的紙箱也還沒拆封，早已擁擠到容不下我。不是我的錯，體內的無情因子像癌細胞一樣擴散，就算是死，還有無情陪著我。不是我的錯……

「我想必須要跟妳切斷關係了。」半個小時後宸禕打了電話給我，話筒裡有風吹過的聲音，大概是好不容易利用到樓下便利商店買菸的時間打給我吧。我不想問，那也不重要。

「為什麼？」

「沒有為什麼。」

「我從來沒有要求你要離開她。」

「桐，不是這個問題。」

「我們一切都很好，不是嗎？」

「夏桐，我時間不多，算我求妳，那筆錢以及車子妳都留著用，沒有關係，就當作公司給妳的績效獎金，公司本來就有很多帳需要做，這沒有影響，唯一我希望妳配合的就是，別再打擾我們了。」

別再打擾我們了……這句話像針尖刺入我的大腦，那裡有什麼線斷裂了。

「為什麼都不跟我聯絡？」

「夏桐，妳有在聽我說話嗎？」

「有啊，我只是問你為什麼都不跟我聯絡，我打電話給你都只響兩聲，這是我們約定好的啊，你就應該找時間回我電話，是發生了什麼事嗎？」

話筒另一端傳來嘆氣聲。

「妳這樣我無法跟妳講下去了。」

「那我們改天再講吧，等我們都冷靜一點。」

「沒有改天了，夏桐，是妳不冷靜，拜託妳幫幫忙！」

「改天，過兩天，我打給你的時候還是會響兩聲，記得要回我電話，不要讓我——」

喀噠！嘟——我聽著話筒內呆板的聲響，視線突然像被巨靈般的手給摀住，頓時我的世界失去了方向。

「不要讓我等，好嗎？」我朝著沒有溫度的話筒說。

我不知道自己怎麼了。我起身把燈關了，做了兩次深呼吸，站在房間的正中央，閉上眼對自己做深度的檢驗，企圖將已從身體離開的什麼抓回來。我好著急，口腔的腺體不斷分泌汁液，就像飢餓般的著急。我懊惱地願望著宸禕的身體，願望他強而有力的臂膀，他的雙唇，他的汗液，他炙熱的堅挺……為什麼呢？在心智程度上相比較，我並不低於他呀，甚至很多時候我是可以駕馭他的。我氣惱極了，是對自己生氣。您知道嗎？我現在竟然想就這樣開車去找他，按他內湖社區二樓的門鈴，只要他出現，我立刻就會纏住他、包裹他、吞嚥他，我已經飢餓的身體止不住顫抖，有人說我這是斯德哥爾摩情結，可是我只覺得這是自己的愚蠢。人一旦覺得自己就像自己遇見的每一個愚蠢的人一樣愚蠢時，就想把自己綑綁不去做任何事情，如果現在有繩索的話，我好想把自己吊起來，就像槍決後還被倒吊在米蘭廣場的墨索里尼，讓眾人吐盡口水。而現在，我連買繩索的力氣都沒有，只能站在房間正中央苦苦吞嚥自己的愚蠢和粗魯。

接下來大概有三天的時間我誰都不想見，也沒有力氣找工作，把手機電源關掉，電燈關掉，只穿著棉質睡衣，整日躺在床上只是望著天花板，除了餓到必須進食的時候才下樓買個麵包吃，其餘什麼事也不做。天花板看久了，就變得跟原本不太一樣，好像奶油般融化著，彷彿一點火就會延燒出去，與人相處是否也是相同道理？

某天下午我作了夢，尋常光景，我與父母正待在客廳，不過不曉得做錯了什麼事，爸媽正用責備的眼神瞪著我，突然也出現許多人們都擠在客廳裡對我指指點點，看不清楚他們的臉孔，模糊覺得我好像犯了很大的錯，也模糊覺得我並不甘心。

「羊死掉了，都怪妳沒有把牠顧好，妳知道要把一頭羊養大需要花多少錢嗎？」其中一個聲音對我說。爸媽不說話，可是眼神卻快把我殺死，因為我知道他們壓根兒就不相信我。

「羊死掉是因為牠自己跑出去，不能怪我。」

「不怪妳怪誰！妳就是負責在圍籬旁看好羊的人，有沒有一點責任心？羊該死嗎？如果這世界上每個人都像妳那還得了。」

爸媽仍然不說話，他們不相信我，一點也不。我沉默，可是心中委屈像被蓋住的火山，兩個拳頭緊緊抓握，回神後，鮮血竟然從指縫間淌出，一滴一滴敲響地板。

「別以為流血就能讓人同情，錯了就是錯了，羊從圍籬跳出去，牠們看見綠色的湖都會以為是草原，妳明明都知道的，現在好幾隻都栽進去死了，妳是看守人，血也不能抹去錯誤。」

血也不能抹去錯誤……血也不能抹去錯誤……血也不能抹去錯誤……

他們異口同聲的說，爸媽還是用不信任的眼神看著我，那些模糊黑影一幢幢逼近，我的手好痛，我好不甘心，很想大叫，可是身體卻蜷縮成一團，手腳都無法伸展開來，後腦一陣一陣的麻痛，天搖地動，從四面八方而來的聲音開始傾斜，空間也歪了，整棟大樓慢慢的倒下，看見窗戶外面另一邊的大樓不斷靠近，所有的人都往同一邊傾倒，但所有的人還是直直的瞪著我，儘管他們的身體在掉落，我害怕得不得了，但不全然是害怕，之中還帶有很強大的委屈和無奈，但它們變成了手銬腳鍊困住了我，一切的一切都隨之傾倒。我大叫，可是沒有任何聲音從我喉嚨裡發出來……睜開眼已經是凌晨三點半，汗水把內衣褲都濡濕了，臉頰兩側的頭髮都沾滿水分，全身發冷，這才發現落地窗門是打開的，冷冷的風穿透進來，血也不能抹去錯誤，我自言自語的說。風所帶進來的除了冷之外還有死亡的味道，我聞得到，也只有我才能聞得到。

林琪找我一起去算命，在淡金公路上某間咖啡廳裡有個高明的人士進駐，位置不好找，而且那人也不算長駐，一年之中大概只會待一個月，只有比較專門的人士才知道。林琪的工作因為常常周旋在企業主之間，所以也順道得知此消息。這些企業主金錢多事情多自然煩惱也就多，他們對這種訊息可說格外敏銳。那人是台灣南部人，身世神秘，給自己取個西藏名叫作達瓦，曾經在西藏、尼泊爾、印度北部一帶流浪，原本就很有天賦，聽說三十歲那年在佛陀出生地倫比尼的一間佛寺內開了天眼，曾經與少數的企業主、藝人、官員談過。達瓦生性低調，除了接受能供給他旅行食宿最低程度的謝禮外，其餘一概不收，也不准任何媒體採訪。據說兩年前曾經被走漏消息給媒體，導致一些小騷動，達瓦憤而離開台灣整整兩年，今年算是他被某企業主朋友邀請返台，保密成為最高原則。不過幸好台灣人是健忘的，就算媒體曾經狂風暴雨般報導的事件，不出半年都能忘得一乾二淨，所以達瓦回到故鄉幾乎無風也無雨，他也樂得輕鬆。我們到達那天只看見兩三位在電視上出現過的人物專程拜訪，大概是之前就熟識的朋友吧，其他倒真的沒人在乎理會他。對於算命我沒有太多的想法，從小到大也沒有特別去算過命，寧可信其有但有時還是會信其無，大概是這種程度而已。由於那天夢境讓我覺得很有壓迫感，想說或許可以得到一些解答，再者現在沒工作，時間多到殺都殺不完，還有對於林琪也會想要算命這回事感到好奇吧。

進到咖啡廳，心事重重的林琪朝門口小箱子投了幾張鈔票，櫃台的店員意會後隨即領我們上樓。進到達瓦的小房間後，我立刻對他產生親切感，因為他確實長得有點像 Kuma，眉毛粗得踏實，眼睛雖小但炯炯有神，連嘴唇的厚度都跟 Kuma 類似，不同的是Kuma微胖，達瓦則是精壯身材，身高也矮了許多。我猛然才想起來Kuma也是去尼泊爾，或許他們還曾經擦身而過也說不一定。達瓦披著簡單素麻色的連帽大衣，胸口掛有『唵嘛呢叭咪吽』的六字真言犛牛角項鍊，頭髮全都往後梳紮成掃把尾，臉頰的鬍碴雖然隨意散佈，但也不會覺得頹廢，反倒因為他的氣定神閒而更感覺到清爽，有某種令人心安的地方。

乾淨的小房間內，沒有過多的裝飾，單人床、衣櫃和四腳桌，不到五坪大的房間是向咖啡廳老闆租的，錢部分由企業主友情贊助，部分來自小箱子，這次大概待兩個月，接下來又要再回尼泊爾或其他我也不熟的地方，這裡就像過境旅館一樣簡單，談話的過程很像朋友在聊天，不像在向誰求什麼解惑指點之類的。他的眼神非常平實，並不像有什麼惡性的意圖在打量我們，而是非常自然的看望我們，就好像在湖泊旁望著山景那樣的眼神。

「首先，」他將雙手交握在桌上，確定跟我和林琪都交會過眼神示意後再開始說話。「我想先說明一下，希望妳們不要覺得是來算命，我不是算命師，無法替妳們消災改運，也不是占卜師，看見妳未來會發生什麼事然後如何預防。每個人都有自己的風景，但會因為個人的選擇不同而變化，兩年前的媒體採訪讓我很頭痛，我沒有這麼高明，什麼開天眼的事情請妳們都忘了吧。沒有所謂的開天眼，頂多有個開悟的名詞而已，離那個我還有很遙遠的路要走，我最怕人說達瓦很靈，達瓦很厲害，我很怕，所以希望妳們能了解，出去也不要向別人提起。」達瓦有點語重心長的說。

我和林琪靜靜的點頭。林琪露出一絲失望的表情，我倒無所謂，原本我就滿喜歡跟這類人談天，Kuma 是，威凱也是。

「我經常會舉個例子，像同月同日同時辰生的雙胞胎一起去參加宴會，路線、日的地可說都是相同的，可是他們進去以後一個吃玉米吃飽了，一個卻是吃炒麵吃飽，選擇會造成些微的不同，也可能會造成巨大的變化，因為也許玉米有問題讓人住院，炒麵沒問題。之前那些與我談過話的人們，我從來都沒有教過他們怎麼做，我所做的事只是試著去感覺對方的風景，萬物皆有風景，花草樹木動物都有，對於這點我可能有些敏銳度，接著我可能會告訴對方我感受到的東西，如此而已，他們後來的順利都是他們的選擇，跟我無關。」達瓦說。

「選擇就代表一切嗎？」我好奇的問。

達瓦頷首微笑。「可以說是，也可以說不是，比起選擇，認識自己的風景更為重要。」

「你說每個人都有自己的風景，那是什麼意思？」林琪問。

「很簡單，就是一個畫面。我曾經在西藏靠近尼泊爾邊界一個叫作定日的聚落中住過很長一段時間，附近很多修行的人，有的是將右手舉起一輩子都不放下，有的是今生只站不坐，修行方式五花八門，不過相同的是他們都在自我磨練、消解罪障的同時，也跟大地對話，日日夜夜不間斷，這是人都有的能力。長久跟大地、花草樹木對話後，跟人接觸也就有順利的連結，自然而然會產生畫面。」

「產生畫面，然後呢？」林琪有些心急。她才不管什麼古怪修行方式。

「沒有然後，就只是把風景坦白的告訴對方而已。」

「所以沒有什麼具體的目標、暗示，或答案？」

「沒有，只有自己才能改變自己，順勢、逆勢都在於自己。」

林琪稍微瞪大了眼，一副不可置信的表情。

「那……對不起，我想我是來這裡浪費時間。」林琪手勾起肩包準備要離開。

「雲從不停於山峰，山峰從沒離開過，隨性自在。」達瓦保持微笑，但我覺得他自始至終都在觀察林琪。

「那就再見，夏桐，妳走不走？」林琪站起來，我們同車來自然也必須要離開，只是覺得有點可惜。

「母鷹離開翻覆的巢，破碎的卵，傷痕累累的羽翼，勉強高飛遠離，翻過一座山，越飛越高，或許再飛高一點，再離遠一些，就可以遠離傷痛吧，能夠棲息休養。幾座森林在底下等待，其中還有一株十分漂亮的高聳松樹，可是母鷹還是只想奮力飛翔。可以，要飛就飛，氣流正在向上升，也許還會持續一些時間。雄鷹飛回來了，破碎的卵仍是無法解決的夢，一生的牽絆。」

達瓦不疾不徐的將這段話說出口，林琪停下腳步，好像在消化他所說的話，我也非常吃驚，這到底是什麼意思？不過可以確定的是，達瓦從一開始就在觀察林琪，他真的好像能夠感覺到什麼，我的思緒還沒整理出來，林琪馬上轉身坐下。

「飛高？是指我的事業嗎？」

「我不知道。」

「破碎的卵是什麼意思？」林琪越來越激動。

「我不知道。」達瓦還是搖搖頭。

「高聳的松樹是什麼？雄鷹飛回來又代表什麼？」

「很抱歉，我真的不知道。剛剛我說過了，我只是坦白的將我從妳身上看到的風景告訴妳而已。」

我第一次看見林琪如此激動，她好像想到了些什麼，破碎的卵？雄鷹？松樹？森林？我一頭霧水。我看著林琪，林琪直視著達瓦，達瓦的眼神依然平淡似水，我們都暫時沉默了一陣子，大概是火車經過平交道的時間，突然，林琪開口。

「你什麼都不知道就胡亂編故事，你們這類的人，反正說話不用負責，就因為走狗屎運，剛好來找過你的人接下來都過得很順利，所以你就可以一直招搖撞騙下去，一切都只是沽名釣譽而已。」我發覺林琪已經焦慮到開始亂說話了，我拉起她走向門外，跟達瓦致歉，達瓦搖搖手說沒關係，然後還是保持一貫平穩的微笑。

走出門外，林琪坐在沙發上一言不發，雙手摀住臉龐，呼吸節奏有些紊亂，有時候還大口嘆氣，真讓我吃驚。我坐在身邊撫著她的背，試圖穩定她，不過另一方面我卻覺得有點好笑，因為想把一切都掌握在手中的林琪，所有情緒都藏在冷酷冰山底下的林琪，現在好像一切都是為了掩飾些什麼而強裝出來。雖然我不曉得她發生什麼事，但我知道我並不同情林琪，反而覺得自己太高估她了。

「林琪妳到底怎麼了？我從沒看過妳這個樣子。」

「讓我一個人靜靜。」林琪從指縫之間透出聲音。

「好吧，我有些問題想進去問問達瓦，妳在這邊等我一下，好嗎？」

林琪沒有說話，我想她的確想要靜一靜，於是我又走進門。達瓦對著桌面的小冊子正專注的寫，他一見到我，又浮現同樣的微笑，然後慢慢將小冊子闔上。

「妳朋友還好嗎？」

「我想她暫時沒事，雖然有些事情她藏得很深，但最後也能夠自己解決吧。」

「一切都由她自己選擇，我想這就是她的人生。」

「你剛剛真的看到那些畫面？」

「大致上就是那些。」

「你接下來還有什麼預約嗎？會不會擔誤到什麼？」我小心的問。

「沒有了。今非昔比，雖然之前媒體採訪後有過一些人氣，不過我真的很害怕人群，那也是我離開的原因。修行人不可迷失自己的方向，現在回來很輕鬆，人本來需要的就很少，但我們想要的太多了，就算回來都沒有人來也無所謂，我就只是一個專注在自己心靈上的人而已，接下來的時間妳自在吧。」

「我想談一談我之前所作的夢。」

「請便。」

那天的夢不用特別去記就已經非常鮮明的烙印在腦海中，我鉅細靡遺的將夢告訴達瓦，他一樣雙手交握很有耐心的聽著，不清楚的地方就細聲發問，讓我很順利的將故事進行到結束。

「方便讓我觸摸妳的額頭嗎？」達瓦說。

我點點頭，他起身走到我的身後，左手扶著我的後腦，右手覆蓋在我的額頭表面，像三明治一樣輕輕夾住我，並請我閉上眼什麼都不要想，可以的話請深呼吸幾次。他的手掌感覺粗糙厚實，有一股淡淡的麻繩味道，一雙感覺做過很多粗重工作的手。大概一分鐘的時間，他放開雙手並坐回我面前，雙手交握看見左方的窗戶，停頓了一下，我們暫且都沒有說話，靜下來的時候才聽見窗外傳來一波波海浪的聲音，輕輕闔眼側耳傾聽時，都覺得自己不是在現實的空間裡，有一種奇妙的，被包容式的溫柔以我為中心慈悲地展開。

「漁夫乘著船出港。」過了幾分鐘他開口。我也把眼睜開。

「漁夫？」

「海面上的礁石，海底下如山脈縱橫。天氣變化劇烈，漁夫出港，船上卻什麼也沒有，顯然不是去捕魚。漁夫放火燃燒自己的家園，乘著船離開，目的地就是礁石。他撞破了船沉進海底，鯨魚卻救起漁夫回到岸上。荒蕪焦黑的家園，他一磚一瓦重新蓋起，最後……」達瓦捏了捏太陽穴。

「最後怎麼了？」

「重建後，放一把大火，再次燃燒殆盡。最後我看見的就是一場永不止息的火災，漁夫站在那火光前，靜靜的看著火吞噬一切，於是，再度出港。」

我想了一會兒。

「這是預言嗎？還是關於什麼？愛情？家庭？親情？友情？」

達瓦搖搖頭，像古代帝后嬪妃女手持的芭蕉扇。

「對不起，一如我說的，我只能坦白將看見的風景老實告訴妳，就像火車一樣，我大概看見一路上風景是什麼，但什麼時候下車、換車，都是妳的選擇，而且中途會不會有人誤闖平交道而發生事故，或是有恐佈份子在車上安裝炸彈我都不曉得，但是……」達瓦好像想到什麼而停頓一下。「在我看見妳的風景時，有一種宿命的感覺。」

「宿命？」我全身一股震顫，這不就是 Kuma 曾經跟我說過的 Fatalism 嗎？

「對。」達瓦點點頭，下巴只微微低了一個指節。「具體來說是什麼我不清楚，但我看見漁夫把火丟進他重建後的村莊時，有一種宿命，也就是他『原本』就會這麼做，在那個時候他沒有任何考慮，沒有任何無奈和逼不得已。這超越了選擇，也超越任何一切可以具體分析漁夫為什麼要燒毀村莊的理由，或者說，這風景本身就不能訴諸任何具體事實。妳的朋友大概可以看見『選擇』這個具體事實，而妳，本身就不具有選擇的餘地。」

「意思是說，未來我不論做任何事，都是從自我本身出發，而且無法選擇？」

「我想不是從自我本身，而是更高一點、更虛無一點的地方，我也只能簡單的用宿命來形容。」

我嘆了一口氣，回想這些日子所發生的事，自己所做的事，不管是不是宿命，那的確都有點像是漁夫。我離開原本生養我的地方，他離開了我，他也離開了我，我一個人，飄蕩在深冷的海面中。

「還有什麼話想談嗎？」達瓦喚醒了我。

「在尼泊爾，有沒有遇過一個台灣的攝影師？」我幾乎是本能性的脫口而出。

「攝影師？」達瓦想了一下。「會到尼泊爾的台灣人很少，但旅行就是這樣，或許曾在小小的山屋中見過面談過話，但能記得的實在有限。」

「對不起，當我沒問。」我有點後悔。

達瓦閉上眼，頭微微上抬，好像在回想什麼古埃及之類十分遙遠的時光。

「不過我想我見過喔，看起來非常爽朗，扛著重重的攝影器材，一雙鞋沾滿結凍的泥土，相處起來的個性含有穩重而且令人愉悅的成分。為了採訪尼泊爾偏遠山區水源計畫，不辭幸勞翻過一座又一座山頭，台灣來的攝影記者，我們在能夠看見雪山的一個小茶屋中共度了午餐時光，陽光很溫柔，一位尼泊爾小女孩從茶屋下方的梯田中摘了花椰菜過來，他還為她拍了幾張照片。我們聊了幾句就分開，頭也不回，沒有留下任何聯絡方式，是這麼一個看起來很享受生活的男人。」

我想要講些什麼，但喉嚨裡卻有股氣團卡著，眼眶酸了起來。

「我想我的話都說完了，乾乾淨淨地見底了，如果可以的話，我想妳可以離開想想，現在的時機剛剛好。不是在趕妳走，而是，再多說下去，也許很多東西都會變質。」

「我懂，謝謝你。」我起身，就像說好似的，我也覺得對話應該要結束了。

「對了，最近多看一下月亮。」

「月亮？」我有多久沒有停下腳步抬頭看看月亮了呢？

「妳的朋友也是，多注意最近的月亮。」

「月亮怎麼了嗎？」

達瓦搖頭，彷彿這個問題實在不該問的表情。

「達瓦這個字的意思就是月亮。」他停頓一下，好像在等待自己的話語滲透進我的心中。

我點頭表示了解，但實際上卻不了解。

「還有關於夢，世間人的一生都是濕婆神睡著時的一場夢而已。都只是一場夢。」

都只是一場夢。最後他這麼說。

十一月陰沉的淡水天空，濃得像是好幾天沒有喝的咖啡，我們塞在如鎖鏈般的車陣中動彈不得，各自懷著心事。林琪雙眼無神的望向前方後車燈，簡直就像是要把它鑽穿一樣。黃燈切換紅燈，細雨黏在擋風玻璃，我踩下煞車，全身沒什麼力氣但又必須逞著強，腦袋有點重，充滿漁夫開船衝撞礁石的畫面，雖然不清楚漁夫的心情，但卻又不得不承認自己可以理解漁夫，甚至還能輕易的把漁夫和自己合而為一。夢、宿命、火災、出海、月亮……到底什麼意思呢？

「我知道妳不相信達瓦，不過還是要跟妳說一下，他叫我們多注意月亮。」

我說的話好像走很慢，經過嘆兩口大氣的時間才傳到林琪耳裡，她似乎很努力才能把眼神焦距調整好，緩緩面向我。

「月亮？什麼月亮？」

「就只是多注意月亮。」

「最近要看見月亮應該難了吧。」她轉頭望向窗外，幾乎可以用六神無主來形容。

我心中突然湧出一股怒氣，那是針對曾經令我那麼妒忌的林琪本身，嘿，給我爭氣一點好嗎？繼續冷酷的看待這個世界，繼續把丈夫掌握在自己手中，繼續跟威凱大玩婚外情，繼續認為可以控制自己的人生，不管達瓦的風景是否擊中妳的傷口，繼續撐下去好嗎？無趣的米雅已經沉淪，落入Steve那萬劫不復的地獄中，然後又對威凱念念不忘，謊言已經被我看透，未來可想而知的淒慘，那齣戲已經結束了，只剩下妳的還在進行，我想看看妳是否能像妳所說的如此掌控婚姻、婚外情和人生，妳現在的脆弱實在令我生氣，我好想這樣對她大聲吼。當然，那是不可能的事。我已經氣得抓緊方向盤到出汗的程度，林琪還是虛弱無力的望著窗外，最後在回到家之前，林琪的眼神沒有從車窗離開過，彷彿她的人生已從窗外的風景中走完。

07

夏桐日記：世界充滿華麗虛偽以用來支撐到處都貧乏的真實。

跨年，又是大規模的簡訊轟炸日（尤其是性暗示），我關掉手機打開電視螢幕，立刻就有整群辛勞的螞蟻從這個地方被吞進去再從另一個地方被吐出來聚集。新聞記者擠在散發臭味的人群中假假地訕笑著，不曉得是皮不跟肉還是肉不跟皮，與平常工作時的德性一模一樣。巨大無比的蟻丘聳立在蟻群正中央，準時噴出激情的虛芒，四周發出類似高潮後的呻吟聲，火花最後就落在一對又一對空洞的眼神裡，一團煙霧像棉花糖般籠罩著蟻丘，周遭充滿刺鼻的火藥味、滿地的垃圾，有樣學樣擁吻的情侶，寂寞依然寂寞，明天過後一切都沒有改變。

就有如您現在所看見的，我就像具屍體癱在床面上，無力感像叢林裡的水蛭死命黏我，吸食我的生命，已經持續好幾週了。仔細回想，過去也有類似的經驗，就好像在大腦中與人們互動的區域調好了參數，剩下的就是程式跑動，情感隨著規律老套的公式動作，在中立與空洞之間循環。例如，起初每件事大致上可能會有點偏向哪一邊，漸漸地，我開始覺得兩邊都有對錯，無法決定該走哪一邊所以選擇了中立，然後，因為我也不曉得自己身處什麼狀況，所以最後只能被空洞給淹沒。除了定期的寫日記，就是躺在床上胡思亂想。之前有幾通電話是家裡打來的，也提不起勁接聽，我有很多疑問，也有很多解答，不停的惡性循環，找不著出口。

前幾個星期威凱提到《無愛繁殖》這本書，這些日子除了發呆之外沒別的事，所以已經買來讀完，作者提到另一位生物學作家赫胥黎的《美麗新世界》讓我尤其震撼，心底的認同油然而生。未來的世界中由於基因改造的進步，對於物種繁衍的控制越來越精準，性自由全然解放，繁殖的必要性漸漸消失，因為人可能會在非常穩定的狀態下被「製造」出來，同時，醫藥也會進步，看到現代人活得越來越長就知道，六十歲和二十歲的人活動力沒有相差太多，就算衰老到一種程度不得不永遠闔眼，也能夠自由地選擇安樂死。抗憂鬱藥物、更厲害的迷幻藥不斷推陳出新，個人主義高漲，父系社會以及家族的觀念全然消失，就像主角之一布呂諾所說的：我只是領薪水的，租房子住，也沒有什麼可以留給兒子，也不知道他將來會做什麼工作，我所認知的規範並不適用在他身上，他將活在另一個世界。全新的環境，繁殖和家庭的意義不復存在，倫理悲劇在一兩百年內完全消失，是個「美麗新世界」，當然，這是非常大膽的假設而已，還沒有足以說服以宗教為生命主軸或崇尚心靈力量的人們。只是，我突然想到這段時間在我身旁的人物，看似即將快樂地走向紅毯卻又哀傷的米雅，已經結婚卻又外遇的林琪，互相靠近卻又保持距離最後消失的Kuma，忽然間為了保護自己的事業而從我身邊離開的宸禕，我與他們，她與她與身旁的男人們之間的關係又是什麼？更不用說自己早就分崩離析的家庭，還有，最大的問題是：我們努力追尋的東西到底是什麼？除了肉體交換、道德約束以外到底還有什麼？我確實想不到，在美麗新世界中的人類汲汲地追求科學進步所帶來的幸福，試著將悲劇從地球上根除，同時愛也瀕臨絕跡，就有如我們現在不知道在追逐什麼一樣，但我知道我們也正一步步的在剷除愛。

終於逼自己出門，不是想要振作起來，而是討厭這麼長的時間只維持一個狀態的自己，厭煩得要命。心裡想，只要不接觸人群什麼地方都好，一出家門我就往大馬路走，不曉得穿越之後有什麼，總之就是想走向空曠的地方，最好那邊什麼都沒有。不過在城市當中很困難，幸好我的直覺還不錯，沒多久就看見一長排河堤橫亙在前，密密麻麻的水泥叢林只能囂張到這裡，人是取不走河川的，一旦取走河川，生命也將殘酷地終結。但這幾年的河道越來越狹窄，放眼一掃就能數得出好幾輛怪手正在進行工程，工作就是不斷的將水泥塊逼進河川，為的是替人類再爭取一些『河岸第一景』。我不禁懷疑，人是否總在自掘墳墓。抬頭望，高架橋巨大的支柱插在河堤兩旁，上方發出如海浪般轟轟的聲響，宛如通往地獄的道路。為了讓人們互相碰面的速度以及次數增加，特地建造數十公尺遮蔽天空的龐然大物，可是人與人之間的距離卻沒有拉近幾公分。

我緩慢地爬上河堤制高點，身體太久沒有動，骨頭關節處哀鳴四起，背反性高的我知道自己一定會去挑戰這疼痛，越痛就爬得越賣力，越賣力就越痛。避開籃球場以及最近人多到像西門町的自行車道，也避開高架橋試圖將天空奪回來，最後在河堤階梯旁找到一處空地。連日以來的細雨在石壁上鋪了新鮮的青苔，地面有些濕涼。夕暮漸漸埋進遠方丘陵之後，城市的灰影被吃進淡粉色的天幕，光與影之中，誰也逃不掉。我一面恍惚地眺望遠方，一面被漫無邊際的哀傷滲透，與過往不同，這是初識的哀傷，我突然不曉得怎麼去適應它，心裡的黑暗蟄伏著，就好像不祥的生物般，我甚至能感受到牠的呼吸聲。過去曾經重度憂鬱症的朋友告訴我，真正的黑暗在她眼底不只是顏色，而是一種會活動有自我意識的怪物，它伸出了觸手在她的身體表面輕輕碰觸，轉眼間，一條刀割的痕跡在腕動脈上劃開來，於是，所謂的紅色就會來，黑色與紅色，如此簡單。怪物再繼續碰觸其他部分，大小不一的紅色就隨處呈現，簡直就像變魔術一樣，控制不了，也抵擋不住，最後紅色從她身體離開，只剩黑色永遠與她共眠，這也是她唯一能做的。而促使她走向死亡的重要推手——也就是一再折磨她的男友——閃婚，而且擁有沒得抱怨的婚姻和事業，世界本來就沒有公平，可是我們卻建立許多道德準繩來乞求本來就沒有的公平……

我靠躺在斜坡，死去朋友的面容漸漸褪色消失，春天午後的風像水流般從我頭頂拂動過來，令人心曠神怡。糾結成球的草堆像小型風滾草般從斜坡上衝滾而下，我沉浸在沒有線頭的思緒中。水唯一的缺陷是重力，如果水是人，那麼重力就必然是慾望。換個角度來想，是不是人的內心只要產生高低之差，慾望就會隨之出現？如果人看待每一件事物都像凝視著海平面那樣寧靜，不偏頗，是否就不會有慾望？不會有慾望的話……不會有慾望的話……突然之間，我有個願望，從小到大我不曾許過什麼願，也不相信灰姑娘還是白雪公主的浪漫童話，可是我現在有個想法，有點像末日預言，如果每年都固定有這麼一天，病毒在全世界發作，那一天，全世界的動物都無法發出聲音，也失去視力，一整天，全世界將安靜下來，這樣，人是否更懂得獨處也更懂得相處，爭吵的人停止下來，甜言蜜言的人也停止下來，人終於回歸到的「人」這個基本單位，不是工程師、律師、鋪馬路工人、軍官、總統等等，你想要互相擁抱或全裸奔跑都不用在乎其他人，安靜且祥和。我想要變成那個病毒，選擇每一年隨機的一天出現，侵入人的細胞裡，然後好好看著這個世界一天的發展。我就是那個病毒，無形無色而且微小，世界卻因為我安靜了二十四小時。

不曉得在河堤上睡了多久，直到入夜後我才被冷醒，雖然沒幾個小時，但卻是這幾週內睡得最好的一次。沒有夢，像跌入深海海底裡的睡眠。我拍了拍牛仔褲後面的灰塵就轉身回家，附近一個人都沒有，這裡是我的秘密花園。沒想到，回到家門口就看見威凱，而他似乎有點憔悴，鬍碴滿佈著，眼神黃濁，我猜想他是不是又趕稿到忘神了。等妳很久了大小姐，他一見到我就這麼說。我左右先觀察一下，確認附近有沒有什麼熟人。

「放心啦，別東張西望，我自己一個人來的，有很重要的事情跟妳說，妳現在有空嗎？去妳家還是我家？我有買吃的喔。」他手裡拎著一大袋食物，看塑膠袋鼓脹的形狀就知道裡面有一大半是玻璃瓶裝的啤酒。

「別來我家，我也不想去你家了，找個安靜的地方吧。」

「悉聽尊便。」

吃飽，我平躺在舒服的沙發上，嵌式燈光緩慢的跳動顏色，紫、綠、紅、藍，房間也跟著色調而有所改變，神秘且狂熱，冷冽又溫柔。靜靜的空調吹著靜靜的冷風，特殊的隔音牆圍繞著讓我產生輕微的耳鳴。威凱隔著玻璃門浸泡在按摩浴缸裡，從門縫飄來紅色萬寶路的菸味，熟悉又陌生的味道將我又拉到了某個時空裡去。四個角落都有 SONY 的立式音箱，從裡面流瀉出來蕭邦的鋼琴曲。不知為什麼，每次聽蕭邦總覺得那技巧太過於璀璨，我還是比較喜歡拉赫曼尼諾夫的沉重踏實，好像長途跋涉在雪地裡但又遇見陽光。不過，現在有蕭邦聽也很不錯，我還能夠要求什麼呢？

台灣的汽車旅館不知何時開始成為主流文化的，三個人躺進去都嫌太大的按摩浴池，客廳的貴妃沙發鑲著檜木，床的四角矗立希臘式的柱子，60吋的液晶螢幕底下還有製造乾冰的設備，還包含卡拉OK設備。聽說在台中，游泳池與瀑布是基本配備，沙灘出現在房間裡也不奇怪。如果你真的要，他們可以把紐約時代廣場和泰姬瑪哈陵搬過來給你，這樣奢侈的裝備進來使用幾個小時的費用卻低得令人咋舌，吃一頓飯都不止這些錢。「週末又開發哪幾家Motel？」、「真好，下次我也要去那家玩」、「游泳池的燈光超美」等等成為近來大學生茶餘飯後的話題。過去學生時的聚會可能在貓空、陽明山、烏來，大家手牽著手玩玩團康遊戲，現在則從室外移到室內，喝酒狂歡，將人丟到游泳池，互相看對眼的話進隔壁小房間就不囉嗦了。不過，這沒有對與錯，世界就是這樣一直在進行著，文化改變著，空氣越來越髒。

每每望著巨大的旅館到處林立，我都會想，如果人們做愛的能量可以用來發電，是不是不需要任何核電廠了？

「跟妳講這件事之前，首先我必須向妳道歉。」威凱下半身圍著浴巾坐到我的對面，叼著紅色萬寶路，微捲的短髮濕漉漉的。「要來一根嗎？」

我接過菸，點燃。「道什麼歉，你人生中還有什麼需要向我道歉的，你已經夠對不起我了。」

「喂喂，天地良心喔，全世界我最對得起的就是妳。是誰每次都哭哭啼啼的跑來我家啊。」

我無話可說，只好大笑。「好吧，那看來這事情很嚴重囉。」

「我跟米雅上床了。」

「什麼？」我口中的啤酒差點吐出來。「你跟米雅？」

他一臉很無奈的低下頭。「對不起。」

「那是你的自由啊，幹嘛跟我道歉，畢竟她是女的而你又不是同性戀，這不是很正常嗎？」

威凱不說話，吐了幾口煙，還是一臉抱歉的看著我。

「不過說真的，我有點想吐。威凱，你真是令我有點噁心，哈哈。」我嘲諷地說。

「我就知道妳會這麼說，這才是妳嘛，嗚。」他掩面裝哭。

「好啦好啦，快跟姐姐說到底發生什麼事，從實招來，罪可減半。」

其實我有點失望，不過興奮卻比失望要來得大許多，我能預想，威凱接下來所說的事就是為了證明米雅在我心中表裡不一的形象，不過威凱告訴我的故事整個超乎我的想像。

「這件事都發生在一個晚上。」威凱說。

「做愛這回事我想大部分是在晚上啦。」我笑著說。

「好大一把刀從頭上劈下來喔。」

「哈哈，好啦，快說吧。」

「跨年那個晚上，我正在林森錢櫃跟幾個朋友唱歌。接近十二點的時候，林琪一直傳簡訊給我，說是她家有 Party，不停的邀請我去，而且她老公接過電話也一直叫我過去，妳知道我跟她老公彼此認識吧？」

我搖頭。「不知道。」

「這又是另一個故事了。我跟林琪在一起的時候，她老公是後來加入的，我們一起吃吃喝喝，上山下海，其實處得相當不錯，最後因為一些事我慢慢的抽離那群朋友，也離開林琪，一段時間後才知道原來他們倆結婚了。」

我恍然大悟。「所以，林琪老公不曉得你跟林琪的關係嗎？」

「分手以後就不知道了，當然也不可能讓他知道。我想是因為那晚他們那群人喝太醉，電話中語無倫次，亂喊亂叫的，說是有大作家光臨，每個人都很期待，我也不知道哪來的膽子一口答應前往，沒想到一下計程車，就看見一個女生猛衝過來抱我。」

「哇，是誰這麼激情？」

「米雅。」

「好像越來越失控的感覺。」我邊咋舌邊說。

「林琪也嚇到了，硬把她拉開來，我第一次看米雅喝這麼醉，總之，客廳裡的每個人幾乎都茫茫然的，酒氣瀰漫，一見到我來更是火上添油，妳也知道酒攤就是這樣，一有新面孔進來，每個人就會開始稱兄道弟裝熟，就算完全不認識也會熱絡得不得了。喝過幾輪後，眼前的世界幾乎都快要顛倒了，四周亂糟糟，林琪老公的朋友很多，不時有新人加入，有人到陽台去吐，有幾個人在書房裡賭博玩21點，我倒在沙發，米雅不知道什麼時候躺在我懷裡，每個人都在搖晃聽音樂，沒人注意我們，而我一陣昏眩想吐，所以顧不得米雅四處找廁所去吐，吐完之後，我在廁所裡聽見隔壁房間林琪和她老公的對話。」

說到這裡，菸抽完了，我們又各自點了一根，威凱吐了好大一口，白色煙霧在昏暗的房間裡隨意飄散。

「對話？」

威凱點點頭。「不，應該說是爭吵，林琪連珠炮式的不停攻擊她老公，我坐在廁所裡靜靜的聽，原來啊，林琪跟她老公有這段故事。」

我靜靜的聽，最近跟林琪見面那次是去算命，不禁回想起她那軟弱的表情，是否跟威凱所聽到的故事有關呢。

「原來，林琪曾經懷孕，在孩子大概五個月的時候，被她先生打掉了。」

「打掉？墮胎嗎？」我心頭一驚。

「不，是因為他懷疑林琪在外面有別人，詳細我不是聽得很清楚，好像是在搶手機的時候出手打林琪，不幸，林琪從樓梯上摔了下來，緊急送醫後孩子早產而亡，那晚我聽到林琪就是不停的在罵她老公這些事，她老公勸她離開職場，叫她好好待在家裡持家，說是婆婆的意思，家裡一直急著想要抱孫子，我想也合理，她老公的家族在板橋很有名望，但林琪聽了非常憤怒，說當時雙手捧著嬰孩屍體的那一刻，她的心已全碎了，然後就是胡亂罵著他，一切都是你害的，一切都是你害的，崩潰大哭，在廁所裡，我還真不敢相信那是林琪。」

「我也不敢相信。」我說。腦海裡浮現的是達瓦的話，飛高的母鷹，越飛越高，但破碎的卵已經是無法解決的夢。林琪這麼投入工作，或許在事業上可以越飛越高，但死去的嬰孩仍是一生的牽絆，達瓦所看見的意象竟然一語成讖，而達瓦對我說的話呢？漁夫放火燒掉自己的家園又是怎麼一回事呢？我不由得發顫。

「後來我想提早離開，他們夫婦倆剛好也從房間裡出來，知道我要走，林琪就把米雅推給我，實際上也是米雅一直嚷著要跟我走，她完全變成一個喝醉的煩人精，他們也不想要她留下，那一瞬間，她老公站在身後瞪視我的眼神很犀利，那是挑釁，我知道不可能再踏進這裡一步了，這是他的地盤，我和林琪之間的事，他一定有懷疑，我這個人討厭麻煩，從頭到尾我都沒有跟林琪眼神相對過。為了避嫌，我也故意離林琪很遠盡量不跟她交談，不過我想她老公還是相當介意，這也是必然的。愛情和婚姻不就是這樣，只是我沒想到事事掌握在手裡的林琪也有如此脆弱不堪的一面，我真是太不了解她了。」

我點點頭表示同意。「那後來米雅又是怎麼一回事？」

「對，重點來了，坐上計程車後，我一直問她家裡住哪，說真的我對她可是一無所知，她滿嘴酒氣一直不停嘀嘀咕咕，根本聽不清楚她在說什麼，雙手又一直抱著我，我懶得再問所以就直接回家了。」

「原來如此，那你知道她已經結婚了嗎？」

「什麼?!」威凱嘴邊的菸掉落到他的大腿，他痛得大叫。

「說出來總算輕鬆了。」我一副無所謂的模樣舒服地靠躺在貴妃椅上。

「妳騙我的吧，真的假的？」

「千真萬確啊，我都看到她身分證配偶欄上的名字了。」

「這世界真是變化大到超乎我想像啊。」他閉上眼揉揉太陽穴，感到十分懊惱。

「世界就是如此捉摸不定啊，恭喜你又成功捕獲一位人妻。」

「別挖苦我了。」

「怎麼樣，她的床上功夫如何？」

「妳真的無法想像。」

我張大眼睛。「怎麼樣？好好奇，不過先說好，不准跟我比較，不然翻臉走人。」

「哈，不至於這麼白目啦。不過，真的跟她形象完全不同，我有嚇到。像一隻剛烤好的可憐乳豬，遇到餓了兩百年的狼，戰況真是慘烈，真好奇她的男友，喔不，她的老公怎麼受得了。」

「她老公光是應付數不清的辣妹空姐就忙不過來了，哪有時間對付家裡那隻餓狼。」

「替米雅默哀五秒鐘。」

「不，替早已死去的愛情默哀五秒鐘。」我說。

「Indeed！」他說。

「那林琪後來知道嗎？」我問。

「對哦，我差點忘了還有後續呢。」

「真是歹戲拖棚。」

「可不是嘛。過了幾天，林琪突然打給我，電話裡頭喜孜孜的，彷彿很開心的樣子。」

「開心什麼？」

「妳沒有想過這其中的關係嗎？」

我一頭霧水。

「她說感謝我跟米雅上床啊。」

「啥！這到底是怎麼回事？」

「因為林琪本來就懷疑她老公跟米雅有一腿，事實上有沒有我不曉得，不過林琪好像很篤定的樣子，而她老公則懷疑我跟林琪有關係，結果表面上看來的事實是，我跟米雅一起走了，而且那晚大家都有看見，是米雅緊抓著我硬要跟我走，整個場合我跟林琪連一句話都沒有交談過，林琪抓著這點要跟米雅決裂，並且不斷向她老公開砲，因為那晚米雅的表現實在太令人搖頭，米雅是她老公的十年好友兼同事，所以他自覺有責任，不敢反駁林琪，畢竟那晚是他邀請米雅過來的，林琪早就看米雅很不爽，這一次全部都解決了，焦點也從林琪自己身上移轉到我與米雅，雖說她老公還是懷疑我，但因為米雅的行為，現在也不太敢指東道西，算是維持了一種平衡。林琪是這樣說的，一種平衡。」

「我是能了解平衡這回事，不過，這對林琪來說又有什麼好處呢？」

「因為最近她交了新男友啦，能讓她老公轉移目標再好不過了，妳不知道嗎？」

「現在是怎樣。」

「我也不知道，總之，我不太可能再跟林琪和米雅任何一人見面了。」

我們兩個都嘆了口氣，突然想起林琪所說的：「在小地方適度放鬆警戒，在大地方妳就能伸手伸腳」這句話，到底是她掌控了整場遊戲，還是遊戲掌控了她？婚姻到最後，如果只是一場利益交換，只是供給和需求，只是謊言對決內疚，到底又能贏得了什麼，誰又輸掉了什麼？

「最近林琪跟她老公越來越好，婚外情卻讓婚姻更順利，真諷刺。」

「會真正結婚的，都不是互相相愛，只是湊巧該結婚時，彼此是同伴。」

「不像樣的不倫關係終於結束了，好悲哀啊。」威凱躺下來望著天花板發呆。

「是啊，結束了。」我以同樣的動作躺下。「在預期之內，不過還是有點難過，關於人與人之間的關係，很無力。」

「無力就無力吧，難過就難過吧，這裡是我們的秘密天堂。」

隨著背景音樂的變化，緊繃的胸口也逐漸鬆軟，威凱說了這麼多事情，一時之間，我真的覺得悲傷，不是因為林琪、米雅她們所做的事與世界背道而馳，而是因為種種事件都被強大的宿命之網包含進去了，我們只能眼睜睜的看著，並且被吸收掉的那種悲傷。如果她們之中有誰起而反抗，改變命運，找回主導權，我倒會寬慰些，可是沒有，全都像掉進流沙般被吞沒了，情與慾，謊言與愛都被吞沒了。此時，Paul Davis 的〈I go crazy〉從音響緩緩飄出，是一首很好的歌曲，很好的時機出現，一首歌十年、二十年後聽了都還能感動，而人呢？威凱接著唱了幾句，我不記得歌詞，不過也哼了幾句，眼淚稍稍流出後馬上就乾了。

I go crazy

When I look in your eyes I still go crazy

No my heart just can't hide that old feeling inside

Way deep down inside

Oh baby, you know when I look in your eyes, I go crazy……

「威凱，我問你喔，跟這麼多女孩睡過覺是什麼感覺？」

「不知道怎麼形容，雖然我曾經也被問過同樣問題。」

「不會覺得空虛嗎？」

「我覺得以男人來說，超過一定的數字，就不能以次數來算了，感覺不會差太多，換句話說，我覺得跟一百個女人上過床以及跟十個女人上過床，差別沒有太大，空虛嘛，我認為是私人的問題，而非一般論，多多少少是道德價值觀的自我批判後的副作用，性這件事還是非常感官、非常原始的，當然不是說跟任何人都可以上床，多少要有賞心悅目的情愫，不過賞心悅目不也是一種感官功能嗎？」

「原來如此，女人真的又不同了。」我說。

「如何不同？說來聽聽。」

「我覺得女人在性方面，總有一種期望，一種抓取，畢竟，我們女人是藉由性行為來繁衍後代，替這個地球製造新生命，沒有這些新生命，世界就沒辦法支持下來吧。也就是說，性與生命是連結的，所以必須要獨一無二。」

「獨一無二呀。」威凱說。「我想我懂妳所說的，難怪她們一個一個都走進來，也一個一個都走出去了。」

我沒說話，繼續等著威凱開口。

「我的人生就像一個小房間，有出口和入口，大家都知道，出口進不來，入口出不去，所以她們很乖的從入口進來，成為我的朋友、好朋友、親密朋友、女朋友，有的差點就變成妻子的，最後，不管怎樣，全都又從我身邊離開了，她們有的人失望，有的絕望，有的想要再嘗試更正面的方式，窗外有好美的陽光，對不起，雖然你這邊曾經有過彩虹，就這樣，沒有任何人留下，只餘留她們所說的話，所使用的CD香水，還有一些下過雨的氣味，我可以和這些殘影和味道作伴，而且它們久久不散。雖然房間只有我一人，大家羨慕我擁有過那些人，有些男人一輩子只跟一個女人接過吻、上過床，但是我說過了呀，那不是次數問題，一直都不是……一直都不是……」

我察覺到威凱不對勁的說話方式，他的情緒已經不穩了，這我能感覺得出來，跨年那天發生的事讓他很震撼也很疲累吧。他手擎著菸，一邊喃喃自語一邊在空中揮舞，我走向他，移開他的雙手，彎腰，吻……輕輕的吻著，他開始哭，輕輕的啜泣，接著呼吸逐漸變急，抽抽答答地顫抖，他緊抱著我，漸層式的開始放聲大哭，聲嘶力竭地大喊，他想掙脫我，身體不停扭動，可是他越掙扎，我不知道為什麼就越想要抱著他，一起承受同是天涯淪落人的痛。後來我們抱著睡了好久，一直到現實再度穿進我們心裡，把我們喚醒。

「妳看，今晚的月亮好圓。」威凱站在陽台說。

「起碼有些好事情。」我說。

望著月圓，最後一次想起米雅和林琪，我也一樣，這輩子也許不會再和她們見面了，我心裡一直有這樣的預感。

08

夏桐日記：本來就沒有幸福這種事，幸福只是被比較出來的。

我有兩件事要告訴您。

第一件事，我在土城工業區裡一間專做東南亞貿易的小公司找到會計的工作，原本在大學就修過會計，雖然沒有考到會計師執照，不過因為公司的規模不大，每月來往的帳目金額不算多，員工數也少，統計起薪資及假勤單純很多，所以老闆倒不介意（應該說很樂意）錄用一個比較省錢的小小會計。這份工作我做得上手，離自己的租屋處又近，雖然沒有像之前在電視圈會突然來一筆「遮口費」，但工時大量的降低，上班時間穩定很多，當然，前述都不是我想要講的重點，而是進公司的第一個月迎新派對結束後，我莫名其妙的跟老闆的外甥睡了（當然也是事後才知道他是老闆的親戚）。他小我兩歲，據說父親是日本人，所以他有個日本名字叫灰田，經常要出國跑外務，語文能力強而且相當沉默寡言，對談時從不說多餘的話，擬定對策的時候著眼相當精準，對於變動快速的國外市場有很敏銳的觀察，做事頗有日本人的風格。老闆兩個小孩都在美國發展不打算接下家業，所以他就格外被器重，不過，我常從他眼神中看到寂寞的影子，深得可怕的雙眼，西裝總是燙得筆挺，頭髮也整理得一絲不苟，人簡直跟他的名字如出一轍。聽說十五年前父母因為一次旅遊意外雙雙身亡，對他造成相當巨大的衝擊，日本老家無意扶養這個孩子，所以就只好留在台灣給舅舅照顧長大，他也從來沒有讓這個舅舅老闆失望過。

那次派對是父母身亡後他第一次喝得爛醉。當晚，灰田一進入派對包廂後，眼神就沒有從我身上離開過，拿著香檳酒杯直直走來跟我交談，毫無避諱，但也沒有什麼性的意圖，其實我們之間沒有什麼互相吸引而且興奮衝動的地方，但我一眼就知道他跟我站在世界的同一邊。我的酒量不行，他幾乎是三杯換我一杯的喝，離開的時候他就只說了一句：陪我。

進到他佈置簡單（近乎簡陋）的單身公寓之後，我們就坐在沙發裡談長長的話，由於實在太醉了，當時到底聊些什麼完全沒有印象，只知道他不斷的傾訴一些什麼，而且話題都圍繞著同一個悲哀似的中心點擴增打轉，從小圓變中圓再變大圓，簡直就像漣漪一樣，漣漪最後變成黑暗的漩渦，在那個空間裡彷彿所有黑暗都被他吸進去。這樣下去不行，我只好打斷他說話，主動起身吻他。做愛結束後他甚至掉下眼淚，那真是一個奇怪的夜晚，好像所有悲傷負面的東西在一夜之間湧入，連我都被感染，忍不住的落淚。那不是悲傷心情而是真正的黑暗，永遠無法爬起來的黑暗。後來，我們莫名其妙地交往了，我倒是放鬆許多，因為我知道我並不愛他，只是填補他深不可測的寂寞，他自己也清楚得很，只是一場遊戲，不愛就不設定距離，任由彼此貼近，愛的時候反而設定距離，讓彼此之間插入空格。

沒多久，灰田被外派到馬來西亞長駐，據說是兩年，我們之間的關係也自然瓦解，沒有任何承諾和不捨，我甚至一點也沒想到要去機場送他。幸好，我們的關係從來沒有公開過，至少我在公司還不必因此而傷腦筋。

第二件事，Kuma 回來了。

他就站在那邊，我的公寓門口，狹小陰暗的巷內突然綻放光芒，墨綠色的軍用大衣已經破舊不堪，頭髮留長隨意用橡皮筋束成一小撮尾巴，咖啡色的長靴包著防寒褲，鬍碴爬滿臉頰，單揹著幾乎半個人高的旅行背包，胸前掛著他的愛人 Canon EOS 5D，那胸膛好像又厚實了幾分，真的是他嗎？一時之間我有點退卻，愣愣的站在離他兩三個車身的距離，我眨了眨眼戰戰兢兢的確認，Kuma 把手抬到耳旁輕輕揮兩下，他說好久不見，動作、笑容，甚至眉毛微微上抬的程度都跟之前一樣，但我還是沒能再往前走一步，我好害怕，瞬間好多男人的臉像流星般在我腦海中閃逝而過，宸禕、威凱、達瓦、灰田等等，到底分開有多久了呢？這段時間我都在幹什麼？突然覺得自己在 Kuma 這道光芒之前顯得十分骯髒，簡直就像吸血鬼碰見陽光一樣，再多走一步我是否就會灰飛煙滅呢？我以為不會再見到 Kuma 了，這不在我的人生計畫中，我以為……

多注意月亮，人生都只是一場夢。

達瓦的話像海裡的懸浮氣泡突然間浮上心頭，我抬頭望，巷子兩側的公寓把夜空夾成一條溝，在那清澈凝透似的夜空溝底，飄浮著一整顆滿月，好像伸手一抓就可以揣進自己的懷中，那明亮得不可思議的光暈，使得昏黃路燈黯然失色，好像伸手一抓就是永遠，就是這樣的永遠使我害怕，我把視線再放回來時，Kuma 已經走到我的身前。

「發什麼呆？不認得我了嗎？」連聲音都一模一樣。

「沒……我在看月亮。」

「月亮？」Kuma 抬頭，我望著他微微上揚的鬍碴。「好美，今天的月亮好圓好美，很適合拍照，妳吃過了嗎？要一起吃飯嗎？」

「好！」我說。

「我買了一些菜喔，妳家有廚房吧。」

「Kuma！」

再也忍不住了，我撲進他懷裡，使出全身最大的力氣，這一生最大的力氣，緊緊抱著，好像這輩子再也無法抱這麼緊的方式來抱著。他習慣地摟住我的腰向上舉起，我們的吻沐浴在月光之下。

方形的小廚房，我盤腿坐在床沿望向正在忙著煮馬鈴薯燉牛肉的 Kuma 背影，陣陣香氣不間斷的傳送過來，沸騰了我的胃，我一下從左側看、一下從右側看，到現在為止，我還覺得不是那麼真實，我仔細地觀察 Kuma 全身所有角度所散發的光，或許那不是光，而是，時間。雖然好像淡化了些什麼，我們陌生了，但又好像加強了另一種東西，與陌生靠得很近的東西使我心口發燙。

「夏桐，妳為什麼要搬到這裡來呀？」Kuma 加熱鍋裡的水，並把煎過的牛肉切丁。

「說來話長。」

「我現在來找妳，會不會打擾到妳？」

「怎麼會。」

「難說啊，比方說妳可能已經結婚，或是有個男朋友正要過來卻被我打斷了。」

Kuma 說，不過口氣並沒有揶揄的成分。

「神經病，笨蛋 Kuma，我們之間不存在這個。」

「這個是哪個？」

我吞了一口口水。

「你還是一樣誠實呀，常常令我冷汗直流。」

Kuma 沉默了一下，拿起紙巾擦著手，轉小火將鍋蓋蓋上，面對著我靠在流理台。

「夏桐，有些話想跟妳聊聊。」

「怎麼了，Kuma 突然好嚴肅喔。」我撒嬌地說。

「也沒有啦，反正牛肉要等一下啊。」Kuma 說。「只是有些心得，積存在心裡很久。」

「好啊，那就給我個痛快吧。」

「不留情囉。」

「沒在怕的。」我說，可是心臟卻漏跳兩拍。

「我知道我們之間一直沒有任何世俗的牽絆，也沒有倫理道德所需要的忠誠，出走的這半年，我過著還滿孤獨的生活，因此也有許多時間思考，這次回來找妳當然也希望不要給妳任何壓力，我知道妳不喜歡世俗生活，像妳的父母，我的父母，以及這世界上大部分的人們可說是都在努力做個合格標準的人。」

他停頓一下，好像在等待他的話沉澱到我的心中。

「只有極少數人能將世俗生活轉為靈魂以及熱情的渴求，這必須要有非常大的勇氣，我想妳就是其中之一，所以我能了解妳的特別以及妳的痛苦。在尼泊爾山區拍照時，遇到過許多奇妙的人，他們之中大部分都有妳這種特質，每每跟他們聊天時我都會想起妳。他們不像世俗生活要求的被動接受評價，而是無所畏懼，聽從自我本身的直覺，坦然面對他們在世俗生活中不怎麼合格的分數，一步一步像是修行般的走過。」

他轉回去照顧一下正冒著熱氣的牛肉，低身看一下火苗，打開鍋蓋聞，接著切了一些碎薑放進去，將冬粉泡水，煮軟的紅蘿蔔與馬鈴薯也待命中，洗完手擦乾淨，他又轉過身來，這一段時間有好幾次我都忘記呼吸，杵在那邊只等著他頒佈聖旨般的話語。

「妳知道轉山嗎？那不只是代表轉了幾次聖山就能夠消除多少罪孽，或是登天成佛，更大的意義則是在轉山的同時誠實面對自己所犯的過錯，用身體的勞苦，意志力的凝聚，生命的純粹來膜拜、敬畏天地，人就會在這種反覆練習的過程中逐漸茁壯。」

沉默，我無法開口說任何一句話，Kuma 所說的東西實在超出我的想像範圍，他又轉身將所有準備好的材料放進鍋內，料理已經到了最後完成階段。

「我想說的是，在勞苦身體的同時，我漸漸認識自己，也坦然的面對自己，其實我是個世俗的人，跟妳比起來的話，我更需要一個具體的東西才能活在世界上，當然不是說靈魂與熱情不重要，我更重視的是怎麼去點燃熱情，維持熱情，怎麼釋放自己的靈魂，然後再坦白面對靈魂。到目前為止，妳聽得懂我在講什麼嗎？」

「大概懂，但是……還有更簡單的方式嗎？」我笑得很傻，Kuma 已經進化成我無法想像的人，但我知道那內心中還是 Kuma。

Kuma 關掉火，將手把鍋端起小心翼翼的放在我們面前的茶几，上面還有剛烤好的柳葉魚、燙金針花以及涼拌海帶芽，還有一小杯香菇蒸蛋，他又拿了兩個瓷碗過來，碗裡已經填滿米飯，在那白色的山頭上正冒著熱氣，他盤腿坐下來，打開馬鈴薯燉牛肉的鍋蓋，專屬於 Kuma 的味道瞬間漫溢在房間裡。

「簡單來說，我想要變得強壯。事實上，我也已經變得強壯，就算沒有完美，但也算是接近強壯。」

「嗯。」我點點頭，也只能點點頭。

「我想要健康強壯起來，正是因為妳。」Kuma在這裡放個頓點，默默的吃兩口飯。

「因為我？」

「之前說過，我是個世俗的人，必須要有具體的東西才能活下去，像友情、親情、愛情然後家庭，在我的眼前只有這些才是一條能夠走下去的道路，我必須強壯到足以負擔妳缺乏的那塊，世俗生活中的感情，我要強壯到足以負擔妳的恐懼、妳的猜疑，以及妳對感情的不信任，也要強壯到足以負擔妳靈魂的奔放，以及自由的熱情。我不曉得能夠做到哪種程度，可是我願意試試看。」

原本風平浪靜的心湖就像被插入一支長柄大勺子攪動，很多複雜的感覺在體內絞成一團，為什麼是他？為什麼對我說這些話的人是Kuma？如果是威凱、宸禕、灰田甚至是一些無聊男子，我都有把握予以反擊，一看就知道在開玩笑！我可以這樣說，或者是大方的接受謊言，好啊，咱們兩個就來試，看到最後是你死還是我亡，我也可以這樣嗆辣，但說這些話的偏偏是Kuma，我怎麼敢前進一步，當然，也沒有後退一步的力氣。

「妳願意陪我一起走嗎？」

「可以……」我握緊雙筷，連頭都抬不起來。「可以讓我先吃完飯再說嗎？」

Kuma爽朗地笑了幾聲。「當然可以，因為今天是妳生日啊，三十歲生日快樂。」

「好過分！Kuma。」我說，眼眶溫溫熱熱。

我嘴裡有嚥不下的幸福，對我來說只能苦苦含著，我落了淚，可那不是幸福的淚水，我從來不會覺得自己是個幸運兒，理所當然可以在轉角遇見愛，我非常了解自己的問題是根源性的，而淚水只是徘徊在接受與拒絕之間的痛苦證明，從來無法向對方述說。我還有一招，就是逃避，逃得遠遠的，那就超越了拒絕與接受，是我常用的手段。可是這次我的腳不聽使喚，只得葬身在Kuma的流沙中。

我三十歲了，新的一年像是剛誕生的嬰兒在我面前哇哇哭泣，令我覺得煩躁。本來，我從不認為年齡是會讓我掛心的東西。記得高二那年的作文課，有一次出現關於青春的題目，我寫得很快，算是班級中第一個交卷，可是隔天放學時卻被老師叫到辦公室並要求我重寫。在那之前，我已經有了第一次的性經驗，對方是一個網路交友認識的男大生，做愛時動作相當笨拙，不過因為第一次所以有溫柔體貼的錯覺，不過說實在除了痛之外沒有別的，甚至第二次、第三次也是相同狀況，讓我感覺很不舒服，甚至有點害怕做愛。後來，陰錯陽差我又跟另一個男大生上床，不知道為什麼這次就順利得多，不但不痛，而且就像撬開封閉已久的時空之門，身體的感受傾瀉而出，感覺全身就要化為滑溜溜的果凍就這樣不曉得流向何方，結束後在腦中還留有嗡嗡的回響，全身因為亢奮而顫抖，那是我第一次感受到性愛的歡愉。後來我向前一個男大生提出不要再見面的要求，當然主要不是因為性的問題，而是他實在有點纏人，他不願意，還硬要來接我放學，悲劇的事情發生，結果兩人同時間來接我放學時大打出手，我只好逃跑，對他們兩個封閉任何可以聯絡的方式，一場鬧劇就在紛亂中結束，但事情卻沒那麼簡單。

因為讀的算是排名好的私立女校，校風相當嚴謹，那次事件驚動到學校，所以導致我在校內幾乎是被孤立，什麼妓女、公車、計程車之類難聽的流言紛紛出現，連最要好的女朋友也自然疏遠我，當我需要支援時，她只冷冷的說：妳應該知道自己做了些什麼，不用我多說了吧。被記小過的理由是『在校外品行不良，嚴重影響校譽』，名字被貼在穿堂中的公佈欄裡，父親當然不用說了，痛打我一頓並且禁足我好幾週，其實我不曉得做錯什麼，跟他們兩個男生相處時其實都正常，除了一個有點黏牙，一個有點驕傲，但至少他們都對我很好，不單純只有性意圖的殷勤，而且的確都想好好跟我交往下去，在彼此都願意的狀況下發生性關係，避孕措施也好好做了，可是最後我為什麼要這樣被對待？我相當不能理解，可是那時候沒人要聽我說話，一個也沒有。如之前說的，女同學躲避我像是看到什麼噁心的蟲，兩個男大生收到難聽的傳言後也恨我入骨，覺得我欺騙他們。當時我就站在地球的表面上，但卻像是被放逐到外太空的一顆冷冷的碎片，我覺得身體不是自己的，全然要被這個世界所控制，每天不論上學或回家我都覺得有一隻巨掌籠罩在天空，怎麼逃也逃不掉，只要巨掌一捏，我就永遠化為塵埃。既然人不能選擇的出生，也不能自由控制身體，那活著到底還有什麼意義？人生第一次有了想死的念頭，於是，在幾週後的作文課中將此念頭付諸文字，我依稀記得作文裡的一段聳動內容，其他主體都忘記了，只剩殘骸般的記憶，大致如下：

「……青春，本來就是一個只能事後回顧而不能事先預想的東西，可是卻總要被半強迫地寫下這種預想。不知是學校想像力過剩還是認為可以改造（他們說是校正）學生自由的思想。不管如何，我早有自己的預想，也只有這樣的預想才值得寫下，那就是失去了事後回顧的意義的預想，其他都是造假。我叫作夏桐，今年十六歲，永遠不會碰觸青春，不管它是否正在進行中或是尚未進行，但我不是要跳過它，而是停止，完完全全停下來。一開始我用沉默來抗議，接下來，則用我微小生命對眼前已經完全被設定的青春怒吼，它不值得被度過，不值得被期待，也不值得被渴望。所以，除了眼前一黑，停止呼吸和心跳，將靈魂凍結在時光裂縫之中，別無他法。請將帶刺的白玫瑰撒滿我悲哀的身軀，請記得不要流淚，如果你們還有一點人性的話，不要流淚……」

作文稿紙像是什麼不祥之物被當場撕成兩半，老師不算動怒但也不曉得要怎麼勸我，就連送我去輔導室也很懶了，大概只是半放棄狀態叫我不要亂想的程度而已，好好讀書考進大學以後再說，其他不重要。然後我重寫了一次，為避免麻煩就亂寫一通交差。這世界總是在逼人造謊，地球自轉所需的能量就是謊言吧，我當時這麼深信著。後來，我也不曉得為什麼沒有死，但死的念頭的確一直被包裹在身體裡，或許也算死亡，只是採取另一種方式。我變成了名符其實的空殼，放棄是天底下最容易的一件事，每天上課、下課，時間到了就去打工，用最低限度的話語與人們交談，回家就關起門睡覺，沒有一個像樣的朋友，也沒有不像樣的朋友，存在我周遭的只有虛無而已。當時我不只與世界隔離，也與自己隔離，確實掌握的大概只有呼吸吧，我只是一個持續有呼吸的活死人。

一段時間後，我就對年齡這回事失去知覺，對於什麼階段所錯過的、該珍惜的、該開心大笑的、該痛哭失聲的、該緊緊擁抱的、該愛的、該恨的、該好好道謝的，一切的一切就像海浪從遠方推擠過來，無聲無息刷洗著我的身體，然後又靜悄悄的退去，什麼也沒留下。十六歲，我已經死了，所以從不在乎這身殘敗還能活多久，二十、四十、六十？都一樣。但是三十歲的現在，因為 Kuma 的幾句話，我頭一次感到焦慮，這種程度可以比擬被電擊心臟而甦醒的病人，這次我問我自己，心臟是真正的甦醒，抑或是短暫的鼓譟呢？無論如何，這個故事我從來也沒有對任何人說過，對 Kuma 更是無法說。

吃完飯洗過澡的我們躺在雙人床上談天，這一整個星期每天下班回家都能看見 Kuma 以及伴隨他而存在的 Kuma 式料理香氣，對我來說真是生平頭一遭，我們之間過去所設定的安全距離，好像在不知不覺中被消除了。我的心情起起伏伏，在戰戰兢兢中度過。Kuma似乎也發現了我的恐懼，由於我是淺眠，在半夜裡如果有什麼聲響就常常會被驚醒（很多來自於父親的影響）。我早已習慣身旁空無一人，醒來後可以順便練習武裝自己，在整理情緒過後繼續入眠，但現在驚醒時卻有溫暖的雙臂包裹著我，他總是用手掌輕撫我的背部和後腦勺試圖鎮定我，然後再抱得更緊一些。說實在的，每一次的擁抱都會讓我更恐懼三分。我的武裝漸漸瓦解，荒蕪生活漸漸豐富飽滿。我的全身細胞好像都等不及朝他的身體湧去，等於是我的生命被Kuma牢牢捕捉，持續這樣下去，感覺未來哪天他只要一鬆手，我就會永遠化為白骨般的風沙消失到黑暗中，再也站不起來了。您說，還有什麼比這個更令人恐懼的呢？有時候Kuma雜誌棚拍回家時，我心中都會希望他今天跟棚內的女模特兒上床，甚至想像著那雙臂從背後擁抱著身材姣好的女模特兒的畫面，這樣會讓我好過一些。因為我擁有的只是如此不健全的身體與心靈，如何滿足Kuma？又如何讓他慾望我？他對我越好，我就越感到痛苦，而且貪婪地想獲取更多的痛苦。

「夏桐，妳覺得親密感是什麼？」Kuma問我。

「說實在的，我覺得我相當沒有經驗。」

Kuma笑了笑，伸手握著我的手心，我的頭皮微微發麻。

「我曾經看過一部美國電影，女主角年近七十歲的老爸再婚，然後在婚禮上為了緬壞過世的前妻，講了一段話，大致上是這麼說的：我們結婚前後吵吵鬧鬧發生了許多問題，而且離婚時也搞得雞飛狗跳，唯一所幸的就是幾個女兒都健康順利地長大，很安慰。前妻過世時我相當傷心，我們雖然不怎麼投合，談話也常常對不著邊，但是，我們很親密，非常親密。」

我停下來試著咀嚼這段話。

「這就是你嚮往中的親密感嗎？」

「不太確定，可是我常常想像過這樣的情景。在遇見妳之前，我對感情其實很鑽牛角尖，覺得談戀愛有一定的標準流程，最終目的就是結婚，一旦中途遇到背叛或欺騙，我是相當不能接受，一定得快速分割。後來隨著年紀增長又認識妳之後，才學會很多，或許，愛情最終就是追尋一個親密感，不一定是身體接觸上的親密，也不一定是個性意見上的親密，而是更超越這兩者之上，我想，可以稱之為靈魂的親密吧。」

「愛情最終就是在追尋靈魂的親密。再記一筆 Kuma 式格言。」

Kuma 笑了，又將我的手緊握了些，力道超越了我的負荷，我輕嘆口氣然後放開了手，對此我觀察一下他，幸好沒有什麼不對勁的表情。

「可是相當不容易吧。」我說。

「十分不容易，這種機會近乎零吧。」他說。「不過，人類的脆弱就在於希望，還是得要有希望呀。」

「人類的脆弱就在於希望，又來一筆！」

Kuma 笑著轉身抱住我，從他的視角看不到我正凝視著天花板發愣。

「記得我也有過類似親密感的經驗，不過不是關於男女情感。」我說。

「喔？說來聽聽。」

我側身，讓 Kuma 從後面抱住我，視線放在牆壁中的一點，我覺得只有這樣才能好好思考談話。

「之前有一次出外景，你當時已經在尼泊爾了，是一個台灣偏遠地區的旅遊體驗節目，那一次要拍攝的是抓野生鱸鰻體驗。」

「鱸鰻？」

「就是台灣鰻的一種，野生的相當稀有，大部分都是養殖，那不是重點，總之我們就是要半夜在台南鄉村裡一條河川旁守著，捕捉鱸鰻跑進傳統捕鰻器具裡的畫面，那是相當不容易的事，簡直可以申請金氏世界紀錄了，是一個沒必要的拍攝行為，結果被上級逼得我們還是得守株待兔，然後泡水弄壞昂貴攝影機且半個畫面都沒拍到，因為鱸鰻全都受到驚嚇而躲在泥洞裡死也不出來啦，整個團隊愚蠢地守了一整夜。」

「很台灣的風格呀。」Kuma 說。「不過親密感在哪？」

「快了快了。」我稍微回想一下然後開口。「因為那裡過去有點像是沼澤濕地，擁有大片密密麻麻的矮樹林。整晚，我一個人守著器材躺在濃密樹叢之下，雖然沒有光害，天氣也十分晴朗，沒有一朵雲，不過向上望的時候也看不見夜空，全部都被樹叢枝葉給遮擋住了，只要把手電筒關掉，那就真是一個幾乎完美的黑暗，伸手不見五指的黑，不過在頭頂上方剛好有一處裂口，四面八方而來的樹叢枝葉剛好生長到那邊停下來，天空被切成一小塊浮在我的眼前，從那個不規則形狀的裂口中看得見星星，有一顆明亮的，其他兩顆稍微黯淡，我想如果走出樹林外也許可以看見整片星空，不過我暫時不想移動，當下，我感覺到和它們產生一種強烈的親密感，因為空間被侷限的關係，好像這三顆星星是為了讓我看見而拚命散發光輝的。相對來說，全世界也許只有我才能夠注意到它們，我們好像互相在傳遞什麼溫柔力量之類的東西，是這樣單純的親密感。天空明亮後，那些星星就像約好似的一起消失了，當時第一次覺得那麼不喜歡早晨。」

「很美的親密感，但妳不覺得兩者之間的距離太遙遠了，就算妳眼中只有它們，它們眼中只有妳，但也是透過被限定的空間和距離互相遙望而已。之前不是有人說過嗎，當肉眼看見星星所散發的光芒時，而可能那顆星星在億萬光年外早已毀滅了。」

「還是很親密啊，至少它跑了億萬光年，又透過被限定的空間和距離跟我遙望。」

「有距離感的親密感，說不定很美吧，希望，有機會跟妳一起看看。」Kuma說完後好像很滿足似的發出規律的鼻息。

其實那晚，我把三顆星星想像成是宸禕、威凱還有Kuma，至於誰是最明亮的，誰是最黯淡的我不曉得，也無從說起，只有遙遠的距離令我感到十分親密，我們四人只有在這種時候可以相聚，我靜靜望著你們，你們靜靜望著我，互相了解彼此的美與痛，當然，這一切都無法說給Kuma聽，Kuma的誠實無庸置疑，可是我卻擁有各式各樣的秘密，跟宸禕、威凱以及灰田的事，還是自己的故事等等，一來一往，我們的關係已經髒了，與以往不同的，我竟然有了想要動手洗淨的衝動。

09

夏桐日記：你離開只帶走我的心，為什麼不奪去我的一切？

為了工作，Kuma 不得不假日去一趟動物園拍攝，他提出邀請，我瞬間猶豫了一下，但最後還是開著宸禕送我的車陪他去，我竟然也變成一個假日會陪同男伴去動物園的女人了，對此我自己就非常吃驚。當然，他對一個受薪階級的女孩擁有一台 Mini Cooper 感到懷疑，雖然沒有多說些什麼，可是能夠感覺到他在隱隱忍著，他知道我不喜歡被人問東問西，所以可能是為了表達信任，可是我卻覺得謊言之塔不停往上建構，好像就等待一夕之間崩塌，在下方的我能清楚感受到那股恐懼，Kuma 也是嗎？

冬日午後，天空好高，幾朵細長的雲在緩緩飄著，陽光像是給予恩寵般的灑在每個人身上，許多來課外教學的小學生排成一列從我們之中穿梭而過，聲音嘩啦嘩啦的，有人大喊著要看貓熊，有的人則是無尾熊，幾個男大生在長椅旁調侃著女孩子們，我深呼吸幾口氣再緩緩吐出，有多久沒有出來戶外走走了呢？為什麼感覺已經是上輩子的事了。Kuma 穿著 Polo 衫、刷白牛仔褲以及靴子，他的衣著永遠都是那幾套。我的鵝黃色毛衣外加了一件薄外套，水藍色牛仔短褲，New Balance 休閒鞋太久沒穿而顯得有點咬腳，而因為很久沒讓雙腿曝在陽光中，皮膚色澤近乎慘白，有些小瘀傷像黑斑一樣明顯附著在上面，總之是一雙不怎麼好看的腿，他右手扛著腳架，拍完駱駝的他下一個目標是犀牛，左手將我十指緊扣般牽著，還是有些不習慣，我放開手，決定勾著他的手臂繼續走，這畫面對我來說本身就不尋常，一對戴墨鏡的情侶迎面走過來，兩個人的手臂簡直像麻花繩般絞在一起，好像只要不小心分開就會支離破碎，一分開就會缺氧而死。

「夏桐，妳這輩子到目前為止有認真跟男生牽過手嗎？我說的是十指緊緊扣住那種。」Kuma說，然後好像覺得措詞不當又調整了一下。「喔，不是說在嘲諷妳，妳不要介意，只是有點好奇而已。之前妳不是說過嗎，如果真的這麼做或許我們就要永遠的分開了。」

「沒關係。」我試著尋找適當用語。「我對你的心情從來沒有變過，只是很難用言語來形容。跟你在一起很開心，但是越開心我就越害怕，感覺我們的關係只要更深一層，我就會越失去你一分。」

Kuma眨了幾下眼皮，露出嘆息般的微笑。

「我不想讓你失望，因為……因為……」我的心跳漸層式的放大。「因為我是如此的不健全。」

「所以妳領有殘障手冊嗎？早知道剛剛就要秀出來呀，門票半價呢。」Kuma大笑著說。

「Kuma！一．點．都．不．好．笑！」我停下腳步沉著臉。

他隨即將相機抬起拍了我一張。

「你在幹嘛啦！我很醜。」我追打他。

「怎麼會，妳本來就是模特兒臉，鼻子這麼挺又有點丹鳳眼，嘴唇也很漂亮，妳看看，這表情銳利中帶有溫柔，其實我早就想要替妳拍個照了。」

「拜託下次請通知一下，我好補個妝。」我笑著說。「不過，說真的，我從來沒有好好的跟男生牽過手，或許有這麼幾次，不過所謂的『真正』的牽手我想是沒有吧。」

「了解。」Kuma 點點頭，不過他是不是真的了解，我抱持很大的懷疑。

我看著相機螢幕中的我，有點不太認識自己，本來就很少拍照，而且都是塗上防晒乳液就出門的臉，我想比起一般女生是一張比較少在照鏡子的臉，照片中的我真如 Kuma 所說，顯現幾分好陌生的溫柔，人的眼睛果然不能自己確認自己，人外表的一切都必須要透過他者。

「嘿，夏桐，在我的心中，妳不是一個不健全的女生，雖然這麼說可能會給妳一些壓力，可是我想我管不了這麼多了，不管妳的過去、現在、未來發生了什麼，妳在我心中都是一個獨特而且完整的個體，無論心靈或是身體。」

我點點頭不說話，分不清是感動還是害怕，這兩種感覺在我生命中總是相伴而生。

「我想要試著讓我們兩個從獨自走向共存。」Kuma 說，好像在述說著什麼遠大前程似的。

「從獨自走向共存？」

「人總是無法不依靠另一個人而獨自活下去啊。」

「所以這也是人類的脆弱之一嗎？」

「我認為是。」

「你知道群體智商低的事情嗎？」

Kuma 搖搖頭。

「我看過一篇有關於群體智商的大眾心理學報導，聽說兩人以上在一起思考的時候，不論這群體裡組成人員的單獨智商有多高，群體的智商水平總合是非常低的，因為就算一個人思考清楚，最後還是承受不了群體的壓力。你應該跟我一樣呀，你不能這麼做，你應該要跟我走同方向，你不能拖累大家等等。報導形容，就像是一群往錯誤方向暴衝的公牛群喔。」

「所以，共存的話就是往錯誤方向暴衝嗎？」

「我相信智商會變低，但是不是往錯誤方向就不一定了。如你所說，人總是無法不依靠另一個人而獨自活下去，世界應該就是這樣成立的吧。但我總不能說世界是錯的，只是好像整群人一面編織著歪斜的長長的圍巾，一面不知道如何收拾就這麼編下去似的，想扯掉重編也都來不及了，時間已經流過了呀。」

Kuma 低頭沉思一番，從側面看他時，有一種力量，好像不管視線或身體，都有一種不由自主想要靠近的引力，奇怪，以前我怎麼都沒有發覺？

「我又說奇怪的話了，讓人陷入困境好像是我的習慣似的，改也改不掉，對不起哦。」我道歉，並報以微笑。

「不用道歉啊。」Kuma 溫柔的搖搖頭。「因為這就是妳呀，我只是在想，圍巾歪斜的話就讓它歪斜吧，我們一起編織下去，錯就讓它錯吧，雖然會規定一定要勾幾針、拉幾針才正確美觀，我們編織的圍巾可能不太好看，但至少會保暖，雖然這麼說是有點不好意思，但我這麼相信。」

「一條圍巾就夠了嗎？」

「在山上，一杯熱茶就可以救活一個人了，何況一條圍巾。」

「Kuma，你真的變很多喔。」

「有嗎？怎麼個變法？」

「好像跟你有關的所有事情，都漸漸朝正確方向移動調整了一下那樣。」

「是嗎？」Kuma 搔搔頭。

「今後，你應該會成為一個很棒、很棒的人吧，我想。」

「我不曉得什麼叫作很棒的人，不過，我想我希望只要在妳面前變成很棒的人，那就夠了。」

如果今後再跟 Kuma 一起生活下去，我也許會成為一個謊言很多的人吧，我想。不知不覺，Kuma 又牽起我的手。

過去我覺得手掌是與心是直通的，也還聽說無名指的血管直接相通到心臟，不管如何，就是需要等待一個很重要的人、重要的瞬間，就像進行一種儀式後才能將心透過另一個手掌傳遞出去，牽了手也代表將心交出去，不只是一種安穩更是一種確認，「好了，接下來下一步」這樣，就像一把鑰匙。後來長大，能夠輕易的將自己的心封閉之後，也就能夠在床第間、在混亂包廂中、在酒吧舞池裡牽過什麼陌生人的手，但我發覺，自己或許可以大方的跟什麼人上床，但卻無法真正的牽著什麼人的手，也許是為了保留些許純粹吧（如果我還有的話），彷彿那是心頭最後的保壘，而這次，當他的手掌傳遞著如此真實的溫柔，我又該怎麼拒絕？也許，只是不再如此害怕，害怕把心門打開。

我們現在是復合關係？還是正在進行戀愛關係？抑或是正在試圖超越朋友關係？還是真有像樣的正常關係？我不太能夠確實掌握彼此之間所處的狀態，為此還到書局找了一些兩性關係的心理書或是情感小說來讀，或許有什麼靈感可以釐清現況，這是我人生第一次想舉手說：「不好意思，我實在對這回事沒有經驗。」可是，發現市面上所販售尤其是關於男女愛情的暢銷小說十幾年來都沒有什麼變化，就像國中時跟威凱討論的情節一模一樣，出版社要的是符合大眾，大眾要的是短暫麻醉自己，就算情節設計得再怎麼糾結、乏味、濃烈、清新、俗氣、悲傷，最後都像無味的水流過大腦，沒有任何可以稱為「見識」的東西，什麼都沒有留下，讀著讀著，反而對現況越來越不清楚。我闔起書想著，那個明明白白跟每個人都隔一段距離的夏桐怎麼了？那個會快速訂出彼此之間規則的夏桐怎麼了？現在的夏桐竟然會假日跟男伴去動物園拍照，在他忙著的時候替他拎著相機背包，還走了一段路去買飲料給他。我並不算是一個多麼乾淨自愛的女生，但在家時我本能性地將他的東西整理好，衣服洗好折好，背包裡的睡袋拿出來晒，甚至多買了一對潔牙器具，廁所裡有全套的男性用品，為了那雙登山鞋還特地買了鞋架，下班後也沒有想過去別的地方，朋友也幾乎沒了聯絡。Kuma 就像病毒的滲透，一點一滴入侵原本屬於我自己的細胞，這就是所謂的共存嗎？我腦袋裡浮現高中生物課中顯微鏡下那些有如橡皮糖果般的細胞畫面，細胞們慢慢被強大的細菌吞噬同化變成一份子，我會變成細胞米雅嗎？還是細胞林琪？幸福不只是兩個字，它也像是一道強風，從背後不停的襲來，我掙扎著，但還是不停朝愛情懸崖的邊緣滑移而去。

某天，Kuma 不尋常地遲遲沒有回來，也沒有事先告知，本來我們就不會互相查勤，打電話去得知對方在哪裡也不會比較好，但不知為什麼，等待的期間裡一直心神不寧，我坐在小小的屋子裡簡直感覺到整個空間要被一雙大手擰成一團，我感到窒息，但也沒有想出門的念頭，直覺地翻開手機找宸禕的電話，想著如果五分鐘後 Kuma 還沒有回來就打給宸禕（雖然不曉得打給宸禕到底有何用處），然而五分鐘過去了，我又再等了五分鐘，然而，第二個五分鐘過去了，第三個接著來，每一次的五分鐘都像全套懷石料理般豐富，每一次的五分鐘到了就會有下一個五分鐘熱騰騰的從時間廚房裡提供出來，我吃著永無止盡的五分鐘，胃好像就要脹破般感到隱隱作疼……我冷靜下來，不是的，我跟自己說，一點也不在意啊，試想一下，我既沒有那種 Kuma 如果跟我報備就會心安的感覺，如果真有的話反而會頭皮發麻，腦袋中也沒有浮現 Kuma 跟其他女人做愛那種胡思亂想的畫面，根本也不用談所謂的猜忌懷疑，那不在我的字典裡。我想，我不是不喜歡等待，而是不喜歡「變成」等待的女人，唯有這一點能夠稍微解釋我的心情，但是如果還要下到井底探查的話，那裡還是有許多未知。

半夢半醒之間 Kuma 回來了，大概已經非常晚了，城市沒有一點聲息的沉睡著，除了閃過幾道半夜沒品味的摩托車聲而已，他小心地關上門，好像沒有發出一點聲響就洗完澡，換上剛洗晒過的睡衣，微微濕潤的短髮，一直到他鑽進棉被的時候，我才真正的醒過來，身上充滿沐浴乳的麝香味，雖然從口中呼出的氣息帶點酒氣，但也能感覺他仔細的刷過牙，薄荷味道在我的舌尖擴散，他溫柔地壓在我身上，像是蘇格蘭北方的草皮覆蓋著我，沒有一點空隙，一種幾乎要窒息的安全感，接近恐懼的安全感，我突然緊張了一下，雙手抵在胸前本能性抗拒，他攫住我的手腕並向兩旁壓開，貪婪地吻著我的唇我的脖頸，不，應該說是模仿著貪婪的憤怒，因為力道早露出了破綻，很快地，他褪去我的衣服，也扯下我的長褲，過程中甚至沒有張開眼，他的呼吸顯得急促不安，我甚至想撫摸他的背企圖穩定他，但終究我沒有這麼做，身體像是賠罪般讓他佔據，終於，他粗魯簡直有些笨拙地進入我的身體。「等一下，我有點痛」，我想張口說但卻失去了聲音，性器並沒有足夠的濕潤，怎麼辦？Kuma 似乎也感覺到了，可是他並沒有停止下來，我捉住他的腰並把他拉向我，閉上眼，我想起宸禕，要命的是，想起宸禕後竟越來越順利，就好像馬拉松選手突破撞牆期一樣，我的腦海裡已經被宸禕佔據了一半，可是壓著我的卻是 Kuma，罪惡感，空白一片的腦袋除了宸禕之外我能想到的就只有罪惡感，而且就像電玩遊戲裡大魔王出現後的戰慄，從心底浮現並游移上喉嚨，接著不一會兒就毫不猶豫的往下衝，使得下體產生一股熱氣，那裡，有 Kuma 充滿在我身體裡假裝貪婪的憤怒，以及，充滿了罪惡與罪惡之後的高潮，我咬著下唇，緊抱著意識中的宸禕但是現實上的 Kuma，半虛脫的從喉嚨中迸出聲響……他像是搏鬥後的巨獸喘息著躺在我的胸前，從耳鬢旁冒出的汗水滲出來往下滑，最後滴在乳房表面，我想，那汗水是否能與我融為一體呢？如果可以，我們是否可以更了解彼此一點？應該是沒辦法吧，我突然有些難過，相愛後動物性感傷，專屬於人類，專屬於我。

沉默，Kuma 彷彿陷入了泥沼般的思緒，直盯著天花板，我也沒有想要探究原因的心情，夜越來越深，深得好像進入我們所有靈魂中的黑暗。

「夏桐，你覺得嫉妒有沒有味道？」Kuma 的聲音有點沙啞。

「嫉妒？味道？」

「對，嫉妒的味道。」

想也沒有想過，我知道悲傷是有味道的，那是凌晨天微亮站在都市中心馬路旁所聞到的空曠味，擁有刺激淚腺的分子，但是我曾經嫉妒過嗎？也許對林琪有過，但最終隨著感情變淡而消失，其他都不怎麼想得起來。

「我不曉得。」我誠實的說。

「是嗎？」Kuma 用無表情的眼神看了我一眼。「我覺得，嫉妒就像是肉焦味。」

「肉焦味？」

「是啊，妳不覺得嗎，就像把自己的手掌放到火焰上方，然後嘰哩嘰哩燒起來所產生的味道，可是對人類來說那是香味呀，是會讓我們感到飢餓的，會想要擁有越來越多的，但是，除了那肉焦香味之外，另外還附帶重要的一點，就是痛覺，非常痛，但有時候我們就是不得不忍受著那痛，持續燒著自己的手掌，為了聞那令人上癮的肉焦味。」

Kuma 說完，我感到有些暈眩，沒力氣去想些什麼。

「如此劇痛而且還會留下疤痕，這麼吃力不討好的事為什麼要做。」我漫應著。

「人類本能吧，有些事總是無法問為什麼，但我想嫉妒有一個優點。」

「什麼優點？」

Kuma把手掌舉到天花板與我們之間，好像是醫生觀察燒傷痕跡般仔細地察看一番，我也朝他的手望去，他的手掌看起來怎麼會這麼巨大，彷彿就要把天花板給遮蓋住似的。

「不會留下疤痕。」Kuma咳了幾聲。

「怎麼說？」

「不知道妳有沒有經驗。我有這樣深刻的經驗，曾經狠狠地被嫉妒給綑綁住的經驗喔，也許當時還年輕吧，十八或十九歲，也許二十歲吧，很多事情無法被簡單原諒，也無法有效的排解，只能眼睜睜被從心底慢慢浮上來的巨大黑影給吞噬，一提起那個人那件事就全身如惡夢般發抖，心像是被刀子重複的割裂，痛得幾乎快要失去知覺，只要有一點點想像，一點點對方與陌生人親密接觸的想像，馬上就可以感覺到暈眩，好像快要昏過去似的，有時候全身還盜汗，自己什麼事都不用做了，無所謂了，每天只想著如何做荒唐的事來引起對方注意，或是像得了躁鬱症的偵探，不放過任何蛛絲馬跡，跟蹤、查詢、試探、誹謗、懷疑、責備、迂迴、扮演……」他說到這停頓一下，眼神好像在空氣中尋找過往回憶而稍微移動了一下。

「一段時間後，兩人都幹了許多錯事而分開了，後來的後來，事過境遷，在某個時間點上我們捫心自問當初到底發生了什麼事，如此在乎對方的兩人，如此深愛對方的兩人，為什麼要這樣互相猜忌傷害，像原告和被告在法庭中相互指責對方的罪行，來換取自己心中微不足道的安慰。妳知道嗎，那只是安慰而已。」

「只是安慰。」我重複。

「是啊。經過許多年，我們都想找出當初的癥結點，兩人在咖啡廳裡聊天，但是我們同時都發覺，當初那如淵藪般的嫉妒，擺脫不去的痛苦，全都消失了，當然，彼此互相傷害的事實是存在的，只是那感覺已經煙消雲散，簡直就像晨霧一般，再怎麼努力回想當初為什麼會這樣，去探究原因，找尋憤怒的根源，都是徒然。我們很驚訝，人的情緒竟然可以如此荒謬而且容易遺忘，一點痕跡也不留。」

「你說的這個，跟戰爭是不是有點雷同？」

「我想是，只要有個瘋子情緒失控，或許按下了核彈發射鈕，地球在不知不覺中就完蛋。然後過幾年，當時瘋子為什麼要按下按鈕，自己也會忘了。而且歷史不是告訴我們嗎，和平條約都是簽來撕毀的，看看納粹和日本就知道了，可悲的人類。」Kuma 說。

我想像一下那發射升空的飛彈，引爆在地球的某處，浮起巨大無比的蕈狀雲，漫天飛塵。現實中陽台透進冷冷的藍光，夜悄悄的解放，黑暗偷偷的逃走，睡意則像飛塵襲擊而來。

「如果沒別的事，我想我必須睡了。」我說。

「那……妳跟李宸禕睡過嗎？」

「啊？」濃濃睡意簡直讓我像感冒的貓一樣虛弱。

「沒什麼，我只是想要聽妳親口回答我，其他人說的一切我都會當作放屁。」

其他人。聽到這三個字時，我已經絕望了。

「什麼跟什麼？」

「妳跟李宸禕睡過嗎？」Kuma 一個字一個字慢慢的說。

「問這個一點意義也沒有。」我轉過身背對著他，睡意全消，就在一瞬間之內，我的視線變得明亮清楚，心跳漸層式的放大。Kuma 說得對，人類身體真是荒謬得不可思議。

「我沒有想要得到什麼意義，只是個問題罷了。」

「那你呢？跟什麼人睡過嗎？在尼泊爾？西藏？還是攝影棚內的模特兒？」

Kuma 保持沉默，我很後悔。

「對不起，我沒有想要攻擊，你知道的，我不是一個會主動攻擊的女生，通常我會問是因為我真的想知道，沒有其他情緒。」

「我知道。」Kuma 轉身抱住我。「我們沒有資格去互相攻擊，不論我們是什麼關係都一樣。」

雖然兩人情緒尚算穩定，但令人不舒服而且無法防備的沉默還是介入我們之間，我能想像，屬於我的報應要開始了，感情的雙面刃拔出了鞘，總是要見血的。

「既然，我們有類似的問題，而且，也有類似求得答案的欲望，那就更不該被彼此的答案影響，這點我不曉得可以做到多少，可是我有這樣的自覺，妳覺得呢？」

「是不是無論如何，我們都必須要遭火燒的痛苦？」

「我想是的，不管答案是肯定還是否定，懷疑一旦建立了，火焰就開始燃燒。」

「懷疑一旦建立，火焰就開始燃燒。」我重複。「好個 Kuma 格言。」

好像有聽到嘆氣聲，但不是從 Kuma 那裡傳過來的，我想是這間房子替我們的關係嘆了口氣，從遙遠如夢的世界中。

「我信任妳，夏桐，不管妳講出來的答案是什麼。」

「那又為何要問？」

「對不起。」他說

Kuma 抱得更緊了一些，頭靠在我的背，越來越靠近，好像想要將腦袋塞進我的胸裡。我轉身，用吻封住他的唇，然後什麼也不管的鑽進他的胸膛。

「對不起。」我說。

Kuma 只是嗯地一聲結束對話，空氣瞬間凝結起來，只是小小的『嗯』一聲，意味深遠且未知，頓時能感覺到體溫降了一度，我的對不起以及他的對不起各自包含著秘密，這是我們之間變質的起點嗎？之後，他，放手也不是抱緊也不是，僵硬的擁擠著我，直到陽光用針尖扎進我們的眼珠子以及腦袋，疼得好像這輩子從來沒這麼清醒過。

接下來的一段時間，我們都清楚感覺到處在彼此之間流動不再那麼順暢，好像有什麼阻塞起來，就像大地震之後所產生的堰塞湖，有時候會有一種恐怖的寧靜，雖然我們還是照常生活在一起，照常談天說笑而且更甚以往，但隱隱感覺到Kuma為了要維持這樣的失衡而更投入些什麼。在歡笑過後，會有一絲絲落寞的表情像森林深處的小生物影子一樣閃過，我只能盡量不去在意。您知道嗎？如果可以，我多想對他大聲的說我跟宸禕的事，以及我跟其他男人的事，也想張大耳朵聽他跟其他女人的事，大家把所有心事全都曝晒出來，赤裸地、殘酷地，而且我還有更輕鬆的方法，那就是將日記本丟給他，不是我自誇，雖然我不善於寫作，但是關於自己以及周遭的大小事我都可以鉅細靡遺的寫進日記本裡，而且，從國中就開始持續以恆到現在，日記本是我最親密而且唯一的朋友，看到喜歡的日記本也都會買下收藏起來，而且當我知道有很多人無法像我這樣做時還大吃一驚，簡直就像媽媽拉著青春期的我進廁所一邊看丟在垃圾桶裡的衛生棉，一邊跟我解釋女孩子以後那邊會流血那樣的驚訝。

日記本是我的秘密好友，從來沒有任何人可以打開它（蝴蝶鎖形影不離），只有一次疏忽讓母親打開讀了幾頁，那次我幾乎羞愧得快要氣瘋了，因為不管父母怎麼吵架，家庭怎麼破裂，生活再怎麼混蛋，生命中都有日記本這最後的秘密保壘、神聖之地，讓我駐留棲息，所以也許從那時候我就再也不相信任何人，只相信我的感覺以及日記本。我想像著，把日記本寶貴兮兮的雙手捧給 Kuma，沉甸甸地，裡面獻上的是我全部的宇宙，所有的坦白和殘酷，然後側耳傾聽他即將要給予我的坦白與殘酷，有可能嗎？不，不可能的，先別說信任與不信任，這根本就是挑戰人性的極限。我不是害怕坦白，而是害怕坦白之後所衍生出來的東西，就像潘朵拉的盒子，人再怎麼互相了解，靈魂再怎麼契合，也無法完全體會對方的心情，如果可以，就不會有爭吵也不會有戰爭了，和平條約都是簽來撕毀的，Kuma 是這麼說的。

如果不是灰田提早回到台灣，我本不相信會有莫非定律，如果不是灰田回到台灣還正巧跟我和 Kuma 狹路相逢，我本不認為所有錯的事物會全部往更錯誤的方向墜落，原本以為還可以掌握的事物，一瞬間都改變了。

那是個接近春天，但還冷得有點奇怪的夜晚，遠方不斷傳來像野獸低鳴的春雷，午後甚至下了間歇性的雷雨，月曆說這是驚蟄，春天第一場雷雨，驚動冬眠的蟲子紛紛爬竄出來，此為四季的起點，也是一道冷熱的轉折線。望著靜靜落下的雨，我還以為一切都很正常，雖然我跟 Kuma 心裡有些疙瘩（我承認是我的問題），但或許會隨著時間流逝而慢慢走向我認為正確的道路。有時候我用手掌摀住雙眼，傾聽那雷聲，希望每響一次，對的事物就會被驚醒而浮上來，錯誤的事就可以隨著雨水被打入更深的地底。可惜啊，夏桐，人生不是四季。

灰田開著灰色 BMW520 來到我家樓下，車停得很俐落，整身的服裝像一把利刃，冷酷的雙眼幾乎快把我給刺傷，身旁的 Kuma 表情雖然溫和，但隱約感覺到那蠢蠢欲動的什麼。我請 Kuma 先上樓，因為必須要跟灰田談一談，有什麼不愉快的話打我電話，Kuma 說。可是灰田卻將我們擋下，大家都說清楚吧，花點時間痛快的談一下，三個人，缺一不可，這是最有效的解決方法。灰田的口氣像是處理一宗大型採購案的負責人。

「沒有什麼好說清楚的，灰田，你本來就不該來這個地方。」

我說得有點心虛，就算是他來又如何？Kuma 來又如何？對於這個本該不屬於我的空間與人事物，我有什麼損失與獲得嗎？

「不該來嗎？」灰田背靠著他的灰色 BMW520，那相似度就好像快要融進車體裡。「真沒想到啊，原來夏桐妳也有這麼庸俗的領域性，他是我的，你不許侵犯，我不是你的，你不許靠近，我在這，你在那，就像到處在電線桿撒尿而且對著陌生人吠叫的忠犬。真奇怪，那個瀟灑而火熱，說來就來說走就走的夏桐呢？妳什麼時候變這麼多了？」

「喂！你到底……」Kuma 大喊一聲，我連忙制止他。讓我來處理，拜託。

灰田側對著我們，對 Kuma 的憤怒毫不在意。

「我知道我辯不過你，但我也知道那段時間是個錯誤，你要說我領域性也好，說我庸俗也好，怎樣都好，要告訴全世界的話就去說吧，那對我毫無損失，總之，一切都已經結束了。」

「結束？」他轉過身來，就好像獵豹盯著速度越來越慢的羚羊，甚至臉上有陰沉的微笑。「原來已經結束了，喂，夏桐，妳別搞錯，我不是要來討價還價，也不是要來找回往日情懷，更不是來這邊煽動情感，抱著妳跟妳說我需要妳我愛妳，這段時間我好想妳，當然不是，那簡直像躺在地上的娃娃哭喊著我要媽媽一樣幼稚，未免也太可悲了，我和妳才不是那樣的關係。」

說到這兒，灰田突然停頓一下，快速用眼神掃過已經握起拳的 Kuma 以及有點無奈的我。

「只是妳說的結束時間點，我實在有點想不透，難道是在我出國前三天，我們在妳家的床上瘋狂做愛後嗎？還是在更早之前？我們一起在北投春天酒店的按摩浴缸裡喝到大醉嗎？難道，還是我們初相遇的那一晚？妳主動在沙發上——」

「夠了沒有！」Kuma 低吼一聲制止灰田，但不得不承認，灰田的口氣真的只是像在問問題，沒有什麼挑釁，可是對我來說卻是諷刺無比。

「我先說明白，我不想吵架，也不想挑釁，只是就事論事，也想問個清楚，我的世界裡有因必有果，一切都十分清楚，大家都成年人了，沒必要做蠢事，大家坦白講完就分開，雖然可能會不高興，或留下什麼陰影，不過我想那是必要的行為，但如果你想來硬的，我絕對奉陪，而且我認為你絕對不會想選後者。」

Kuma 慢慢走向灰田，他和他的身高相當，灰田將雙手交叉在胸前，穩若泰山，就像他在處理任何事情一樣，把話說到見底，令人無法看到縫隙。一段沉默後，Kuma 開口。

「你放心，我也想說清楚，不管夏桐以前跟你到底發生多少轟轟烈烈的事，我相信那都是出自雙方的意願，沒有任何強迫，我想夏桐是可以做到這點，她對自己的感覺相當清楚，我也相信她，就算我們和她來往的時間點有些重疊，那也都是過去了，就如你所說的，我們都是成年人，現在也沒必要去談什麼先後順序，不用把感情這回事搞得像在大賣場排隊一般這麼廉價。」

「同意！」灰田點點頭。

「那好，從現在開始，此刻，這一秒，我希望你以後別再來找夏桐，既然她說已經是結束，那就是結束了，如果互相尊重的話，就此分開，誰也不再聯絡誰。當然，如果以後出自雙方意願會再聯絡的話，誰也沒有辦法去阻止，但我想那也是很久以後了，你同意嗎？」

「也同意！你的思路異常清晰呢。」灰田再次點點頭，彷彿有點興奮的在讚賞Kuma。

「夏桐，妳的看法呢？」Kuma 回頭問我。

「灰田，你走吧，已經都結束了。」說完這句話的同時，我已搞不清楚是對誰的結束。

灰田用手撫著下巴凝視地面，與他在會議中思考如何有效解決客戶與廠商間矛盾一樣的眼神。

「我懂了。」他停頓一下。「不過，我想要聽夏桐親口說。」

「她不是已經說了嗎？」Kuma 說。我也沒聽懂。

「不，我想要她親口說，她是真的打從心底愛著你、需要你，除了你之外，她其他人都不想要。」

「這麼做沒有什麼意義。」Kuma 搖頭。

我沉默，心底震顫，灰田的銳利讓我實在招架不住。

「夏桐，這很簡單吧。」灰田不理會 Kuma。「如果妳已不再是以前的妳，那就大方承認吧，跟他說妳想永遠跟他在一起，這是妳真實的願望，真實的情感。妳曾說過我們站在世界的同一邊，現在已經很明顯了，妳突破了，妳已經跨到世界的另一邊與他站在一起，這不是值得高興嗎？為什麼不敢說？」灰田的情緒現在才開始逐漸高漲。

我依然沉默，眼神在他們之間徘徊。

「你沒必要逼她。」Kuma 說。

「有沒有必要我自己很清楚。嘿，雖然我不想這麼說，可是嚴格來講，被玩弄的人是我和你喔，不需要談什麼先後順序，但至少我可以聽到合理的告白吧，我相信，聰明如你也很想要聽見她的告白吧？我不知道你們是否會走下去多久，可是兩人之間擁有太多秘密的話，那可不行，另一方面來說，我可是在幫你。」灰田振振有詞。

Kuma 猶豫著看看我，那瞬間，我彷彿走在鋼索上頭，而且已經無法從起點走向終點了，我註定會這樣失重掉落而死，而且 Kuma 多看我一眼，我就巴不得想趕快跳下去死。開口啊，夏桐，可是我卻什麼也說不出口，我寧願死。

「算了，我累了，你們愛怎麼玩都隨便你們吧。」

我不說話，灰田也不離開，只有他嘆口氣拎起隨身物品轉身。

「我……」我望著在巷子裡漸漸離去的 Kuma。

「說吧，夏桐，不過說不出來的話也沒關係，因為那就是妳，就做妳自己吧，夏桐。」

灰田挑釁地說。

「我……」

「我真的……」

夏桐，妳在害怕什麼？夏桐，妳到底要任性到什麼時候？

灰田說。宸禕說。林琪說。米雅說。媽媽說。爸爸說……全世界的聲音瞬間灌進我的腦袋，用強大的力量逼迫，我的喉嚨好不舒服，別再逼我了，拜託大家，別再逼我了……

Kuma！我真的打從心底需要你！！

他停下腳步，就站在離我幾個人身距離的地方，就如同我再次遇見他那天一樣，一樣的距離，Kuma 所遞送過來的眼神卻完全不同，好殘酷的深度，比任何黑色還要黑，就好像吃了什麼神奇藥丸瞬間變世故了、變絕情了。Kuma 不適合長大，他長大後的表情如此銳利，亮晃晃的刀子從我心臟表面慢慢劃開一道傷口，連血都來不及流，連痛都來不及痛。

我知道，妳一直都只是需要我。

什麼？我沒聽清楚，「妳一直都是只需要我」和「妳一直都只是需要我」不一樣啊，中文就是這樣令人氣結，幾個字順序顛倒就天差地遠了，可不可以再說一次？還有灰田，我等一下就找你算帳，太過分了……可是，可是為什麼，眼前突然起霧，畫面就好像被融進水裡一樣扭曲起來，我什麼都看不見了啊，Kuma 呢？可不可以請你再說一次？可不可以……可不可以……我沒弄清楚……

回過神，Kuma 已不見人影，我的身體頓時像失去重力一般變得好輕，腦袋像泡了水似的昏眩欲嘔，就連灰田走到我身前擁抱我，我將他推開，奮力，使出我這輩子從來沒有用過的力氣往 Kuma 的方向衝，呼、吸、呼、吸、呼、吸……

我聽見自己的心跳聲和喘息，眼前幾乎快要被一片白茫茫的濃霧佔滿，第一次，我如此害怕，全身盜汗，最後終於在轉角處看見他，我撲向前從身後緊抱 Kuma，他停下腳步，我感覺到他的溫度急遽下降，簡直就像擁抱著一座巨大冰山，沒有任何情感。

「不行了。」Kuma 猛然拉開我的手，一副嫌惡模樣，好像我們完全是陌生人。「真的不行了，妳走吧。」

我沉默，他再度離開我的身邊，站在馬路中央，這次的分離，下次我們又會是什麼關係？像樣的不倫關係，不像樣的正常關係，不像樣的不倫關係……我站在街頭喃喃自語。想起他說的話：我想要試著讓我們兩個從獨自走向共存，好想大笑，捧腹大笑，什麼嘛，再怎麼甜美的事物也不過如此而已。笑意不停像螞蟻般在骨髓裡流動，漸漸的爬上佔據心頭，又是該結束的時候了嗎？濃霧散開了，視線明亮清爽，我的心情異常鎮定。謝謝你，Kuma，謝謝這世界，謝謝。

□節錄【調查筆錄】第〇〇一號。案由：「〇〇活水健康會館轎車失控撞牆案」

受詢問人——會館停車場管理員。

問：可否簡單陳述當晚狀況？

答：她常常來我們會館游泳，那晚沒什麼異狀啊，開車進來的時候還跟我打招呼呢，很正常，我看見她走上車，才低下頭處理事情，沒多久就聽見砰的一聲好大聲，我才衝過去看狀況，由於已經接近打烊，我算是唯一一個在現場的人，車頭九十度直接撞在出口的水泥牆上，從來沒有車子碰撞過那面牆，連擦到都沒有，因為那面牆上寫著大大的『出口』還有箭頭向右，不可能沒看見，而且從發動到加速的聲音聽起來，是漸進式的，我猜不是暴衝，好像是自己踩的。

問：當事人從會館出來後是否跟其他人交談？

答：沒有，我問過會館裡的工作人員，他們也說她從頭到尾是獨自一人。

受詢問人——當事人母親。

問：可否簡單陳述當事人的生活狀況？

答：我女兒就是一個很平凡的上班族，她的朋友不多，生活圈也不複雜，跟家裡面也都相處很好，雖然搬出去住，但也沒什麼問題，不曉得為什麼會這樣，我不相信女兒會有自殺行為，她想要去哪就去哪，想搬出去住也沒問題，我們都對她很好，她也一直都很獨立，我們家沒有任何問題，所以一定是那車子的問題，請你們一定要好好調查那車子。

問：請問是否知道車子的來歷？

答：就是不知道啊，突然某一天就開了一輛車子回來，現在的小孩想做什麼就做什麼，完全沒有在聽大人的意見，一定是那輛車子害的，來路不明的車不能亂開啊。

節錄【調查筆錄】第〇〇二號。案由：「〇〇活水健康會館轎車失控撞牆案」

受詢問人——車廠技工。

問：轎車是否有疑似暴衝的現象？

答：檢查過後，點火器，噴油嘴，電子節氣門控制系統都正常，雖然節流閥有點阻塞，但也不至於會暴衝，油門也沒有咬死的跡象，不過還是不敢說完全沒有，現在的車子因為自動排檔所以都很依賴電子系統，很難說啊，不過一個領薪水的女孩能夠開這樣價格不菲的進口車，不就令人懷疑嗎？

受詢問人——轎車車主。

問：請問駕駛人的車是何原因掛在你的名下？

答：（受問者嘆了口氣），我本來是好意，我們公司規模小，所以就像一家人，有困難都會互相幫忙，她（當事人）雖然年紀輕輕，但工作相當認真勤奮，夢想就是買一台 Mini Cooper 給自己當生日禮物，我有朋友在經營中古車行，剛好有一台紅色 Mini Cooper 急著要轉賣，前車主要移民了所以隨便賣，價格很不錯，所以才知會她，她很有意願，但需要時間籌錢，由於比較趕又有其他買家，所以才會先購車掛在我的名下，她付了大半的款項，後面則是每個月分期付款給我，我很信任員工，所以想說等到款項全部付清再過戶就好，只是圖個方便讓她先拿車而已，反正現在很多人的車子的車主名也都不是駕駛者啊，我沒有想這麼多，離職後我們一直要約過戶，但我太忙所以沒時間處理，沒想到竟然會發生這種事，實在令人遺憾，我已經請保險公司處理掉這輛車子。

問：當事人事發前是否還有與你聯絡見面？

答：我忙都忙不過來了，哪有時間跟一個離職小員工見面，也沒有見面的必要。

問：〇週刊曾經目睹您與一位陌生女子走在一塊，是否與當事人有關係？

答：媒體都是胡說八道，再者，這對案件有任何幫助嗎？我有權利不回答，不過就是車輛失控事件，社會上經常有這種事發生，我也有不在場證明，實在太小題大作了，我能說的都說了，如果您不介意的話，我還有事要處理，接下來請直接找我的律師。

節錄【調查筆錄】第〇〇三號。案由：「〇〇活水健康會館轎車失控撞牆案」

受詢問人——當事人好友甲。

問：事發前是否有跟當事人見面？有發現什麼異狀嗎？

答：有，不過好久了喔，大概兩三個月前我們見過一次面，她想算命所以找我一起去，因為那位算命師是一對一，所以細節我並不清楚，不過，我想似乎是感情問題。

問：什麼樣的感情問題？

答：她很保密，之前有一個攝影師男友，不過很少在公開場合出現，最後男友也出國了，我只知道私下她有滿多男性朋友，其他的我就真的不知道，不清楚。

受詢問人——當事人同學兼好友乙。

問：事發前是否有跟當事人見面？有發現什麼異狀嗎？

答：幾個月前吧，約在咖啡廳聊聊近況，沒發現她有什麼異狀，我跟她從國中就認識了，她就是經常愛亂想，表面上裝作什麼都不在乎，其實是一個想不開的女孩，對人生常常有一些荒謬的理論。

問：可否描述一下什麼理論？

答：很多啦，她說過什麼……像樣的不倫關係，就是說她沒辦法接受跟一個男人有正常關係，但其實她之前有個攝影師男友還不錯，但她的態度曖昧不明，對，就是曖昧，她對每個男人都想要曖昧，我也勸她好多次了，但她總是有理由反駁我，我也說不過她，身為多年好友，在旁邊看著她這樣也很傷心，不過像她這種人，能改變她的只有她自己吧。

筆錄偵訊都經由受詢者親閱後簽名捺印存證，目前當事人的主要關係聯絡人皆已偵訊完畢，唯一尚未偵訊的關係人——攝影師男友——至今仍然在國外無法聯絡，列為暫時候補受詢者，但由於無他人傷亡亦無被告，列為非刑事案件，民事賠償部分已有關係人處理中，全案將告一段落，不會送呈偵查法庭，以上。

10

站在松樹林的中央，陽光灑下被打碎成斑點，風時而悶熱時而涼爽，蟬鳴像海浪環繞，我眨眨眼環顧四周，這裡是哪裡呢？有一種介於「我怎麼會在這裡」與「我本來就在這裡」的違和感。蓋下眼皮兩秒鐘重新張開，她就出現了，但是既不奇怪也不突兀，她好像就是應該出現而理所當然地站在我面前的，連身的淺藍色長裙，頭髮似乎變長了些，隨著這類似夏天午後的風而柔動，唧唧……唧唧……唧唧……蟬聲無邊無盡讓我昏了一下。於是，我開口喚她。

「夏桐，妳怎麼會在這裡？」

「就像你在這裡一樣啊。」她微笑，心情似乎很好，很久沒看過她這麼溫柔的笑容了。

「那妳在這裡做什麼呢？」

「我一直在等你，喔，不對，我是說我知道威凱你一定會來，所以我在等你，然後你也來了。」

「我不知道為什麼我在這裡，現在怎麼回事？」

「噓……你聽。」

她止住我，於是我不說話，一起靜靜聆聽像下雨般的蟬鳴，印象中好像沒聽過這麼完整而具有覆蓋性的蟬鳴聲，胸口因此微微震動。

「你知道，蟬花了好多年好多年的時間待在地底下嗎？」

「大概知道。」我說。

我們並肩往前走，松樹林看不見盡頭，地面夾雜落葉與細草，偶爾感覺有鳥飛過，抬頭一看，卻沒有發現任何蹤影，她的存在格外令我安心。

「幼蟲的時期很長，小小一隻跟長大後完全不一樣，簡直就像歐洲中古時代的鐵甲武士，跟桌上吃剩的起司屑的對比，相差很多。」

「這個我就不曉得了，為什麼會差這麼多？」

「為了發出跟身體不成比例的巨響，來吸引異性繁殖後代呀，你想，要發出這麼大的聲音，這麼小的蟬，需要長出多麼堅硬的共鳴構造來摩擦呀，所以就要努力的變硬變大，就像不停的把盔甲往身上穿一樣。」她淡淡的說，淡得幾乎就像風一樣。

「這麼說來，蟬也有點像人，越長大就必須要穿越多盔甲。」

「你總是這麼聰明。」她對我微笑，光線的碎斑在臉龐閃爍。

「為什麼妳要開車撞在那面牆上？有什麼原因嗎？」脫口而出的疑問，沒有不自然的地方，好像必須要問而問，就像我們必須在這裡談話一樣。

「沒有為什麼呀，因為沒有出口，所以就撞過去了呀。」

「可是會受傷的。」我心疼的說。

她搖搖頭，停下腳步轉身面對我，風從側邊送來，她的髮朝另一邊飛，她伸出雙手握住我的雙手，透明的眼神好深。

「不會喔，我的盔甲太多了，不適合活在這個世界呀，所以想著是不是要把盔甲全部卸下，就能跟大家一起生活，輕鬆多了，其實我現在很輕鬆啊。」

一時之間我不曉得該說什麼，心中有股酸酸的東西，我們的傷都太多了，太多了，多到無法安慰彼此，多到無法承受對方的傷。我拉她過來，緊抱，她的身體脆弱而纖細，我甚至不敢太用力，這個時候，什麼都不必說。

懷裡突然一陣空虛，夏桐消失了，彷彿因為我的擁抱而膽怯的離去，我著急左顧右盼，突然驚覺，這是不是為了道別而出現的夢境？通常不就是這樣嗎？我的視線漸漸模糊，心裡害怕一旦夢醒了會發生不可預期的事，但這樣的害怕又太不真實了，開始懷疑起來，就像夾在夢與現實之間，我想要追尋什麼，但身體卻又顯得好無力，誰能呢？在虛幻的地方想要留住虛幻的東西，徒留恐懼的心情，然後不知為什麼開始朝一個方向奔跑起來，一直到那房門出現才停下來。我記得這個房間，於是打開門進去，那是金山的小旅館，我們曾共處一晚的地方，懷念的味道，房間裡沒有變，唯一改變的是夏桐，額頭纏著繃帶，身體也有大小不一的紗布，那是現在的她，站在看得到海的窗口前，轉過身對我說了一句話。

呼的一聲，就像空氣從頭頂流過，我甦醒，第一時間習慣性看看牆上的鐘，已經接近下午五點半，從百葉窗透進來橙黃色光線很溫暖，好天氣，玫瑰色雲朵遲頓地飄浮在天空，背部稍微汗濕，她的日記本最後一頁貼在我的腹部，病房的空氣依舊，真的是一場夢啊，什麼都沒有改變，只有夏桐說的那句話好像曾經發生過地殘留在我的腦海裡。我甩甩頭深呼吸一口氣，好怪異的感覺，為什麼會突然出現那句話呢？不管如何，我想起身進廁所梳洗，稍微移動身體才發現右手的手背很溫熱，好像有什麼東西覆蓋在上面，我坐起身，原來是夏桐握著我的手，我將她的手放回床面，看看她紅潤的臉頰，然後伸伸背脊打呵欠。

咦?!不對勁，夏桐的手？我再轉身看著她，試圖喚她的名字，闔起的眼皮微微抽動，眼球也好像在轉，醫生……要叫醫生來，我心想，趕緊走出房間，不過想想又掉頭回來，將日記本打開寫下那句話，寫完抬頭看看她那即將甦醒的臉，走出房門朝醫務站奔去，不是夢，一切都不是夢……是無比的真實。夏桐，雖然在這世界我們無處容身，可是都終將這麼活下去，而且活得比任何人都還要真實，我持續奔跑大喊，想把全部的人都喚醒，把全世界的虛假都喚醒，都喚醒……

又不是真的愛，我們都要保持深情的姿態。

不知何時，日記本闔上了。

The End

後記

面對愛情，道理是最沒用的，但是，我們總是用道理來解剖愛情，一層又一層的切片，用高倍率的顯微鏡放大再放大，想找出什麼蛛絲馬跡，用理論、用實證、用別人的經驗，找出絕對的真理。但是，最後的最後，其實能夠看見的也只有自我而已，因為沒有自我，就沒有愛情啊，切開愛情，裡面不是這世界的道理，而是自我才對。大部分的人喜歡談純愛，但是這本小說，我想要搖晃這世界對愛情的定律，「最純的愛情就是無愛」，創作時其實也覺得很恐懼，就像走鋼索一般的作品，就連完成後仍無法消除那份恐懼，這種概念型的作品，我無法再寫第二次，寫下全文終的時候，故事就凍結在時光裡了。

KAI

新文學
如果愛不殘缺
Incomplete Love

KAI｜著

總編輯	莊宜勳
主編	鍾靈
責任編輯	黃郁潔・牛維麟
封面設計	井十二設計研究室
內頁編排	三石設計
出版者	春天出版國際文化有限公司
地址	台北市信義路四段458號3樓
電話	02.7718.0898
傳真	02.7718.2388
信箱	story@bookspring.com.tw
官網	http://www.bookspring.com.tw
部落格	http://blog.pixnet.net/bookspring
郵政帳號	19705538
戶名	春天出版國際文化有限公司
法律顧問	蕭顯忠律師事務所
出版日期	2015/7｜初版一刷
定價	NT$250
總經銷	楨德圖書事業有限公司
地址	新北市新店區寶興路45巷6弄6號5樓
電話	02.8919.3186
傳真	02.8914.5524
香港總代理	一代匯集
地址	九龍旺角塘尾道64號
電話	852.2783.8102
傳真	852.2396.0050

如果愛不殘缺 / Kai作
初版. -- 臺北市 : 春天出版國際
2015.04
256面 ; 14.8×21公分
(春天新文學)

ISBN 978-986-5706-68-5 (平裝)

857.7
104007874

版權所有・翻印必究
本書如有缺頁破損，敬請寄回更換，謝謝。

ISBN 978-986-5706-68-5
PRINTED IN TAIWAN